尤
今
小
语

尤
今
小
语

清风徐来

在门外挂串风铃
叮叮咚咚

徐来

［新加坡］尤今 著

深圳出版社

图书在版编目（CIP）数据

清风徐来：在门外挂串风铃，叮叮咚咚 ／（新加坡）
尤今著. -- 深圳：深圳出版社，2014.6（2023.6重印）
（尤今小语系列）
ISBN 978-7-5507-0996-6

Ⅰ.①清… Ⅱ.①尤… Ⅲ.①散文集－新加坡－现代
Ⅳ.①I339.65

中国国家版本馆CIP数据核字(2023)第058228号

图字：19-2020-058号

本书中文简体字版由尤今授权深圳出版社有限责任公司在中国内地出版发行。该出版权受法律保护，未经书面同意，任何机构与个人不得以任何形式进行复制、转载。

清风徐来：在门外挂串风铃，叮叮咚咚
QINGFENGXULAI: ZAI MENWAI GUA CHUAN FENGLING, DINGDING DONGDONG

出 品 人　聂雄前
责任编辑　许全军　林凌珠
责任校对　黄海燕
责任技编　梁立新
装帧设计　知行格致

出版发行　深圳出版社
地　　址　深圳市彩田南路海天综合大厦　（518033）
网　　址　www.htph.com.cn
订购电话　0755-83460239（邮购、团购）
设计制作　深圳市知行格致文化传播有限公司
印　　刷　深圳市汇亿丰印刷科技有限公司
开　　本　889mm×1194mm　1/32
印　　张　8
字　　数　191千字
版　　次　2014年6月第1版
印　　次　2023年6月第3次
定　　价　32.00元

多年之前，接到外子日胜从沙漠里寄来的第一张照片时，我的心，立刻便起了温柔的悸动。日落时分，自焚成鲜红色的夕阳又圆又大，壮烈无比地立在干干净净的天幕里；广袤无边的沙漠，以不含任何杂质的闪烁金光旖旎多情地铺陈出一片安静绚烂的风情。

心旌动荡，带着两岁的孩子泥泥，千里迢迢地飞赴大漠，住进了日胜为我们母子安顿好的小白屋。

住下没几天，尚未感受到大漠浪漫的风情，就看到了它大发雷霆那无比狰狞的丑恶面貌。

那是一个阴沉的下午，天和地，在一份诡谲的寂静里，酝酿着一场令人战栗的阴谋。先是洁白无瑕的天空无缘无故地被污染成邋里邋遢的灰黑色，接着，粉末状的细沙心怀叵测地飞满一天一地，每一寸空间，都变得迷迷蒙蒙的。然后，风势由弱而强、由缓而急、由漫不经心而变为嚣张跋扈，沙漠里无数无数的细沙，被巨风卷起，形成了一波一波状至骇人的沙浪，排山倒海地击向小白屋。无依无靠的小白屋，起了地震般的撼动，好似随时都会被连根拔起，飞向一个不可知的地方。我和稚龄的孩子蜷缩在单薄的沙发上，簌簌发抖。想起了万里之外的亲人，想起了那无数个风和日丽的美好日子，眼泪便无法控制地簌簌掉落，那种悲酸已极的感觉，使骨髓都隐隐作痛。

可是，沙漠风暴，从来不曾长久驻留。

次日，艳阳高照，沙漠恬静似湖，细沙金光闪闪，一切的一切，静谧而又温柔。曾经汹汹来袭的风暴，竟像是一场梦，来去匆匆，了无痕迹。原来，原来呵，人世间的恐慌和悲伤，是可以在蓦然回首间成烟化云的！

此后多年，总把人生的不如意当成是沙漠的风暴，耐心而又乐观地期盼着骄阳重现的日子。

在异乡的生活安定下来后，一日，我和日胜决定驾车深入沙漠核心，好好观赏大漠风光。

驾着车子横越沙漠的感觉，美丽而又恐怖。

大漠那种一望无际的惊人辽阔，使人茫茫然地以为自己来到了世界的尽头。车子漫无目的地驶着、驶着，当东南西北的景致毫无变化而又一成不变地再三重复着时，使人不由得在一种与世隔绝的孤寂里产生了一个心里发毛的疑问：我们是不是迷路了？在沙漠里迷路，非同儿戏，当水与食物用罄后，便是葬身沙漠的时候了。车子直直地驶着、驶着，突然，在视线所能及的远处，出现了一个又一个曲线玲珑的沙丘，这一个个好似横陈着的裸女，使原本奄奄一息的大地，突然有了生命、有了活力，你甚至可以感受到大地的脉搏的跃动，聆听到大地呼吸的声音。你目瞪口呆地看着大自然这一个一个鬼斧神工般的雕琢，心里满满满满都是喝彩声。人生，绝不是一加一等于二的刻板，只要刻意寻找，总会有令人心折的变化。以后，多次到不同的沙漠旅行，我曾在干渴得几乎变成秋天残叶的当儿，惊喜万分地找到生命的泉水——绿洲；我也曾不止一次在有如死亡般的孤寂中，看到繁华如梦的海市蜃楼。

在绝望中出其不意地碰触到希望，而在希望中又难以预料地落入绝望里，起起落落而又落落起起，沙漠之旅，表面上体验的是旅行的种种苦和乐，实际上，品尝的却是人生的种种得与失。

离开沙特阿拉伯时，沙漠已成了一幅永不褪色的图画，深深地镶嵌在我记忆的宝库里。

然而，当我背着行囊把足迹印在他乡他国的土地上时，沙漠依然不屈不挠地通过其他方式给予我人生的教诲。

在摩洛哥，我进入了撒哈拉大沙漠，和游牧民族柏柏尔人一起住在简陋的帐篷里，看到了沙漠最为浪漫的一面。骆驼，毫无心机地坐在帐篷外头。帐篷主人奥斯曼生起篝火，煮茶。对于居无定所的游牧民族来说，水、糖和盐，珍贵如金，可是，这一夜，奥斯曼却慷慨地让我和日胜分享他加了糖块的红茶、蘸了盐粒的烙饼。大漠寂寂无声，骆驼的嘶鸣就是大地的交响曲。我们和奥斯曼语言不通，但在共饮热茶、共啮大饼的这一刻，我们却以无声的心曲，款款地交流着。奥斯曼微笑地指指上面，我随意抬头一望，那一颗原本静如死水的心，立刻狂乱而又狂烈地跳了起来，啊啊啊，星星，星星！这一生，从来没有见过比这更多、更大、更亮的星星！多得惹目、大得炫目、亮得耀目！灿烂已极的星光，将沙漠映照出一片虚幻的美丽，我在恍惚间变成了童话世界里的主角，生活里曾有过的倾轧和不快、生命里曾有过的挣扎和眼泪，都远去了、模糊了、不复辨认了。在这空旷的大漠里、在这绚烂的星光下，我只是一个简简单单的人，一个无欲无求的人。平生第一次，我发现：单纯地活着，仅仅只是单纯地活着，竟是如斯美丽，如斯美丽呵！

在往后的日子里，当阴霾的乌云遮去了我头上那一片亮丽的天空时，我总刻意让思绪回返到大漠这个满天星星的夜晚，重新回味那种宁静达于极致的感觉；而这，总能很好地帮助我驱除心中的抑悒和忧伤。

几年前，到位于中东的迪拜去，旅游促进局的职员费尽三寸不烂之舌，游说我参加"骑骆驼游沙漠"这个观光节目，被他说动了心，然而，一来到现场，立刻便后悔——骑着骆驼在指定的路线里彳彳亍亍，商业气息浓得令人窒息！可是，箭已在弦，不得不发，只好勉为其难啦！那天，刚下过一场多年罕见的雨，空气微湿。骑在骆驼上，看到千篇一律的景致，百无聊赖，心生怨意，只盼旅程早点结束。骑着骑着，正昏昏欲睡时，倏忽看到天边闪出了一道彩虹，一道色彩斑斓得叫人吃惊的彩虹！沙漠缺雨，彩虹却又是雨的象征，要在沙漠见到彩虹，简直比拾到金子还要困难！然而，眼前，这两者居然不可思议而又完美无缺地结合在一块儿！那道璀璨夺目的彩虹，气势磅礴地横跨天边，将一望无际而又一无所有的沙漠映照得豪华奢丽，笼罩在这如梦似幻、扑朔迷离的景致里，我泪盈满眶，心中涌满了对大自然的赞赏。

啊，看似平淡无奇的旅程，却有着出人意表的惊喜。自此了解，**凡事不该囿于成见而心生抗拒，时时随遇而安，处处有奇趣！**

沙漠，精大博深，是我终生学习不辍的一部字典，一部活的字典。许多时候，在痛苦到了极致时，切莫以为那象征着人生不幸的滂沱大雨是永无止歇的，因为啊，璀璨的彩虹实际上已在一个静静的角落伫候着。

把书名定为《清风徐来——在门外挂串风铃，叮叮咚咚》，是希望能与亲爱的读者们分享我的人生哲学。世界上没有久旱不雨的季节，随遇而安，在无雨的燥热里憧憬清风回旋的清凉，一旦清风徐来，就在门外挂串风铃，享受叮叮咚咚的美妙声响。

衷心感谢海天出版社，为我在中国推出《尤今小语》一套四部反映我人生哲学的小品文。这四部作品是：《走路的云——用脚步丈量世界》《把自己放进汤里——欢喜的豆花，抑郁的茄子》《倾听呼吸的声音——回首岁月，种一株快乐的树》《清风徐来——在门外挂串风铃，叮叮咚咚》。

　　一直相信，文字是最好的桥梁，它能让一颗颗陌生的心灵靠拢；而《尤今小语》，就是美丽坚实的精神桥梁。

　　谢谢海天出版社的许全军先生和新加坡玲子传媒私人有限公司的林得楠先生，他们以最大的诚意，全力促成了《尤今小语》在中国的面世。

尤

2014 年 1 月 1 日

目 录

第二篇·在门外挂串

风铃

第三篇·纸盒里的爱

第四篇·人生如

文学

第一篇

石头很

快乐

SHI
TOU
HEN
KUAI
LE

『后悔』那一帖药，纵然服了又服，依然不能让你重活一次。

在一般人的眼中，石头就是石头：它不说话、不唱歌、不生气、不兴奋、不做梦、不旅行、不期待未来、不挂念往事、不恋爱。它什么事也不做，只固执地想当个真正的石头。众人的结论是：石头真无聊。

可是，在漫画家几米的眼中，石头却是这样的：

"石头说自己的话，唱自己的歌；它生气时只有自己知道，兴奋时非常低调，做梦时不让你猜到；它用特殊的方式旅行，它当然期待未来，它也缅怀往事，它谈自己的恋爱，它做了许多奇特的妙事。"几米的结论是："石头固执地只想当个真正的石头，石头觉得自己好精彩。"

看几米的漫画《石头记》，拍案叫绝。

曾有人指出，每一个人，都有三种面目，一是真正的"我"，二是别人眼中的"我"，三是为别人而活的"我"。

许多人，往往为了迎合别人的期盼，满足别人的要求，而委曲求全地在他人面前呈现出一个面目全非的我，他肯定不快乐，但是，他被别人的看法牵制了，他被世俗的观念约束了，他不敢在世人面前活出一个真正的自我，因此，活得很累、活得很抑郁、活得很不痛快。

真正的那个"我"，可能不完美，甚至，

像石头一样，有着许多别人引以为憾的缺点，但是，每个人都有自己的精彩，而活出这份精彩，便能有个酣畅淋漓的快活人生。

台湾著名艺人杨林宣布挥别演艺生涯时，便曾引起一阵哗然。她平静地向众人说道："我只是选择了一个让自己灵魂快乐起来、简单自在的工作罢了。在画画的世界里，我找到一种平静的感觉，这是过去在演艺圈一直找不到的。"经纪人屡次想说服她："拍个广告，十五分钟就可以赚十万，干吗不拍啊？"杨林生动地以"撒旦"两个字形容这种轻松赚钱的诱惑，她在她的画展结束那一天，微笑地指出：一张画要画一至三个月，顶多只能卖几万元台币，可是，接拍广告，只要早上起床梳头，化妆，打扮美丽，对大家露齿笑，就有十万元台币了。钱如流水般进入袋子后，便去买名牌，吃美食，然后，骗自己这样活着还不错；实际上，精神的空虚，是别人看不到的。目前，她已将自己的轿车卖了，如果未来求学的费用不够，她连房子也会卖掉。她说："我很快乐，快乐就是做自己想做的事。"

在许多重视物欲的人眼中，杨林不折不扣是个傻子，可是，这是一个真正快乐的"傻子"，她深深地懂得，在短若朝露的人生里，只有把真实的自我释放出来，才不会白白地、惨惨地辜负自己。

人，只能活一次。

"后悔"那一帖药，纵然服了又服，依然不能让你重活一次。

雕

读一篇短文，作者提及他在博物院看到一件巧夺天工的艺术品——玉雕龙舟，当他为这件鬼斧神工的艺术品啧啧地发出赞叹时，他也同时为雕刻者的命运发出同情的哀叹。就他认为，一刀一刀地耗损了许多人生岁月慢慢地完成一件艺术品的这个过程，是很残忍的，原因是：把一个有才气有抱负的年轻人锁在一间工作室里，只安排一件事情给他做，青春正盛的世界，因此而变得极端的狭窄和黑暗。

不同意。

我非鱼，亦知鱼之乐。

一件完美的雕刻品，必定蕴含着雕刻者那一股愚公移山的毅力、那一种吸纳百家之长为技艺的努力、那一份凝聚万千意志于十指的专注，还有，缺一不可的自信与自重。

当雕刻者刻下第一刀时，也许正是青丝满头、意气风发的少年，完成最后一刀时，他或许已变成了动作迟缓而两鬓星星的老头儿；可是，衣带渐宽终不悔，终不悔呵！

实际上，他雕的，不是物品，而是岁月。

当他把原始平凡的材料转化成匠心独具的艺术品时，他也同时把一种惊天动地的美雕进了永垂不朽的岁月里。

他的世界，不狭窄、不黑暗，反之，明亮如阳光、辽阔如宇宙。

这个深具启示性的小故事，是黄望青先生在一次演讲中提及的。

有个热爱工作的制陶匠，烧出了许多美丽的陶器。有一天，无意中看到一颗饱满成熟的柿子高高地挂在枝叶翠绿的大树上，柿子那种娇艳欲滴、无与伦比的色泽，深深地震撼了他。烧陶千件，竟没有一件及得上这柿子的色泽。

他伫立树旁、凝视良久，一颗心，变成了一只鸟。过去，这鸟，栖息在枝丫间的巢里，不曾看过天空静谧如海般的蓝，误以为树叶的绿是世间唯一的美，而现在，这鸟，要飞向天空，追寻一种独独属于自己的色彩，它不要嫩绿，不要湛蓝，要的是一种从来未曾有过的独特。

从那一天开始，他便废寝忘食地投入烧陶工作，可是，屡试屡败——烧出的陶器，虽然色泽近似柿子，但是，缺了柿子那种晶莹的、自然的、丰盈的、润泽的亮光。

"宁为玉碎、不为瓦全"，陶匠做一个、毁一个，不罢休、不妥协。在旁人眼里十全十美的圆满，在他眼中却有着难以容忍的瑕疵。

他誓死追求。

终于，在他八十高龄那一年，从窑子里取出的那一件陶器，锋芒毕露地闪出了一种比新鲜柿子更为绚丽的逼人亮光，这亮光，使近在咫尺的夕阳黯然失色，也使枝头上的柿子自叹弗如……

皇天从不辜负有心人。

针筒

到医院去，做常年身体检查。抽血时，习惯性地闭上双眼。

一向怕抽血，因为有过太多不愉快的经验——有时，缺乏经验的护士找不到静脉，一试再试；有时，性情鲁莽的护士插针太猛，引起剧痛……所以，每回要抽血，我便条件反射地紧张。

奇怪的是：这一回，护士并没有像其他人一样以录音式的刻板声音嘱我握紧拳头，反而好似捡到宝般捧着我的手臂专注地看，看了好一会儿，才温柔地说："现在，请您放松心情，为我握紧拳头，好吗？"拳头一握，不费吹灰之力，针头便进了血管，没有任何挣扎与疼痛。

我欢喜地称赞她，她淡定地微笑：

"有人认为抽血是微不足道的小事，可是，我一向把这当成大事来办。我想，任何事，心里看重它，便会办得好。"

看似普普通通的几句话，却掷地有声。

是的，心里看重它，凡事都会办得好。

在现实世界中，失败、失利、失势，可能有多方面的因素，可是，"轻敌"却是一大关键。

"轻敌"以外另一个令人担心的现象是：在金钱挂帅的社会里，年轻一代养成了"急功近利"的心态，凡事只求快速完成，只问收获多少，不管耕耘方式；只要看到眼前实利便心满意足，根本不在乎他日可能引起的副作用。

　　抽血吗？只要看到血液汩汩汩汩地流入针筒，便算大功告成了。被抽血者痛吗？舒服吗？怕吗？通通不在考虑的范围内。

舞狮

在一场龙争虎斗的舞狮比赛中，名不见经传的甲队居然从许多舞狮老手中脱颖而出，登上了冠军的宝座，许多人在大跌眼镜之余，却也不得不承认当晚甲队的表现的的确确是卓尔不群的。

甲队事后接受记者的访问，谈及获胜的原因时，队长老老实实地说：

"我们全都是无名小卒，大家在表演时，都抱着同一个心态：希望通过群策群力来表达出一种团结一致的和谐美。"

评判团在比赛后中肯地指出：

"甲队一上台，个体便消失了，完美地形成了一个圆融的整体。对于舞狮者来说，团体精神，便是力的表现；而力的表现，便是最高境界的美。"

至于当晚大家一致看好的名队狼狈落败，主要是队员们各负盛名，人人力求自我突出，无形中削弱了契合无间的整体美。

实际上，我想，名队败北一个很重要的因素是：他们将过去所赢取的金牌累累赘赘地挂在身上，形成了重重的压力，这无形的重量，终于可悲地拖垮了他们。

在屋外的鱼池里，养了二十多尾锦鲤。

一日，正当我闲适自在地欣赏满池晃动的缤纷绚丽时，突然发现了一尾长达尺余的锦鲤身有异状——在它眼珠上方，长出了一颗拇指般大的肉瘤，色呈深褐，狰狞可怖。

朋友劝我以大局为重，速速进行"人道毁灭"，然而，这尾颜色斑斓而体态优美的锦鲤，我已养了两年多，深具感情，说什么也下不了手。心想：如果真的是绝症，就让它在池里自行气绝吧！

没有想到，一念之差，竟铸成难以弥补的大错。

接下来的一个月，我出国旅行，锦鲤交由佣妇饲养。回来后，蹲在池边，轻声呼唤，深谙人性的锦鲤，纷纷浮上池面，我愉悦地撒下鱼食，快乐地欣赏群鱼争食的热闹场面，就在这时，我突然看到了池中一个令我惊骇欲绝的"异象"——多尾锦鲤，惨遭病毒感染，这里那里长出了不堪入目的小肉瘤，其中有些还溃烂得血肉模糊呢！

心如刀割地将它们一尾一尾捞上来进行"人道毁灭"时，我懊悔莫及地想道：如果当初发现病症时便当机立断地采取行动，现在，就不会祸延无辜了。

感情用事的妇人之仁，有时，是最大的失误。

赝品

那天，长相甜美而能言善道的售货员拎着那只精美之极的皮包，鼓动其三寸不烂之舌，说道：

"真货要几千元呢，您看，这只，和真的一模一样，售价只是原价的十分之一而已！潮流不断改变，货品不断地推陈出新，您又何必花大钱买真货呢？用上一两年，不喜欢，便再买新的，永远跟着潮流走，多好！"

我素来不用赝品——讨厌它那种"鱼目混珠"的嚣张，厌恶它那种"虚张声势"的造作，然而，那天，鬼迷心窍，竟被那售货员说动了，买下了一个"以假乱真"的名牌赝品。

拎着它出门，碰到有人赞美，便赶快老老实实地"抖出底牌"："嘿，是赝品啦！"

朋友失笑："哪有人这么笨，自行招供冒用赝品的！"

我耸耸肩，应道："**真货和赝品，就像是真情和假意，最初可能混淆不清，久而久之，便像油和水一样，上浮下沉，泾渭分明！**"

不幸而言中，这个赝品，用了仅仅几周，皮包内层劣质的拉链便坏了。

弃置一旁，觉得这是背弃自己原则而得到的最好教训。

朋友请人设计庭院，完工之后，邀我去看。

小桥流水固然精致，可是，嶙峋巨石更得我心。

朋友笑道："假的。"

嘿，那石，居然是赝品？

原来工人把陈旧的报纸揉成一团团，塞进大大的袋子里，然后，在袋子外面涂上一层厚厚的石灰，再糅上一层类似石头原色的漆，便大功告成了。

噫，大模大样，原来是虚张声势。

朋友笑道："以假乱真呢！"得意之色，溢于言表。

见石非石，我嗒然若丧。

一年之后，朋友投诉："巨石"惨遭白蚁啃啮，面目全非。说时摩拳擦掌，无比愤慨。

我呢，哑然失笑。

嘿，肚里没料的、狐假虎威的、鱼目混珠的，通通经不起考验。

朋友自欺欺人，难辞其咎。

陶钵

陪婆母去买陶钵。

绘着雅致图案的圆肚陶钵，含蓄内敛地坐在纤尘不染的架子上，耐心安静地等候它们的伯乐。

婆媳俩慢慢地走、细细地看。

婆母有一双明察秋毫的眸子，加上事事寻求完美的心态，在精心挑选的过程中，每个陶钵都被她不留情面地揪出毛病来——不是嫌钵底有凹痕，便是说钵口不够圆；不是嫌花纹色太浅，就是说图案有污点。

在一旁伫立良久的店东，在忍无可忍而又不肯重新再忍时，终于开腔说道："这些陶器，是由专人设计而一件一件以人工烧制的，哪会没有瑕疵呢？有瑕疵，正好显出它独特的价值呀！"

一语中的。

是的是的，凡人、凡事、凡物，都有缺点、缺憾、缺陷。我们必须常备一面经常拭擦而又经常自照的明镜，时时自我反省，度德量力，对于别人的缺点和弱点，便有了包涵的胸襟和容纳的襟怀。

有个可以撑船的大肚子，眼前天地，必会豁然开朗。

透明

走在街上，忽然发现：透明，已成了一种流行的式样。

年轻的一辈，不顾一切地让自己"透明化"——挂在肩上的皮包，毫不羞耻地袒露着内里乾坤；穿在脚上的鞋子，毫不含蓄地裸露着十只肥瘦不一的脚趾；连戴在腕上的手表，也毫无保留地让那丑恶的零件展示在外。还有哪，胆大艺不高的"表演者"，在薄若蝉翅的外衣下，让人巨细靡遗地看她豪华的乳罩；在形同虚设的短裙内，让人一览无遗地看她奢丽的三角裤。

现代人呵，外在的一切，坦坦荡荡、无遮无拦，偏偏那颗小小的头颅，却"保护"得严严密密的，点滴不漏。里面，满满地装着的，是不肯公开让人分享的成功秘诀，是不能公之于世的各类诡计，是不许昭告天下的各式机密，是不可泄露丝毫的私情、隐情、奸情。

也许，正因为内在的负荷太重了，所以，借着外在的"透明"来进行自我的解放。

也许，"透明"的潮流过后，"皇帝的新衣"便会紧接着"隆重登场"了！

真人不露相，永远也不要小觑他人能力。

怡保老家那只大肥猫，我一见便讨厌、再见就痛恨。

讨厌它肥、痛恨它懒。

吃得好、睡得足，一身毛，油光滑亮；一身肉，蓬蓬勃勃。

无论是在猖獗的阳光下或是温柔的月色里，它都慵慵懒懒地趴在阴阴凉凉的地板上，眯着一双惺忪的猫眼，看天、看地。

婆母宠它，每餐都把好饭好鱼盛在搪瓷盘子里，送到它面前。它胃口奇大奇佳，不论盘中食物有多少，总是吃得点滴不剩、舔得一干二净。

我向婆母抗议："看它那好吃懒做的鬼样子，您再这样放纵它，恐怕四肢全都退化了，以后，不但抓不了老鼠，反而被老鼠瓜分掉！"

菩萨心肠的婆母微笑应道："不会啦，自从养了它以后，老鼠便绝迹了。"

这么肥硕颟顸的猫，会抓老鼠？我嗤之以鼻。

农历新年，我们举家回返怡保过年。一夜，屋内各人都进入了温柔的梦乡时，一个凄厉的尖叫声加上东西掉落的巨响，化成了两盆当头淋下的冷水，将大家弄醒了。人人捻亮电灯，奔出房外。呜哇，厅里，正痛苦地蹲着一名十五六岁的少年，两条瘦瘦的腿，凸凸地浮着几道刚被猫爪抓出来的血痕，好似腿上爬了一只猩红色的大蜘蛛，阴森诡谲！那只大肥猫呢，忠于职守地站在一隅，目露凶光，全身猫毛竖得直直直直的，准备随时再出击。

猫会抓贼，我大开眼界。从此，对它另眼相看。

真人不露相，永远也不要小觑他人能力。

款式

多年以来，都是向同一个摊子买椰浆饭的。

摊主是个中年汉子，脸圆下巴圆肚子圆，一团和气，总是和顾客有说有笑。生意渐好渐旺，他应接不暇，把老婆带出来当帮手。

那女人，一脸如刃寒气，样子像债主，说话更像。许多老顾客被她粗声粗气地顶撞过几回，都负气而去了。

明知忠言逆耳，可是，我还是将这情形转告了中年汉子。

中年汉子搓着双手，一脸尴尬。辩白嘛，显得他护短；不出声呢，又好像委屈了他劳碌半生的发妻。踌躇再三，他终于开腔了："这是她的款式啦！"

款式？见我一脸茫然，他比手画脚地解释："衣服有不同的款式，人也一样。她的款式就是这样粗粗鲁鲁，说话不经大脑的，改变不了啦！不过，我向你保证，她的话，一点恶意也没有！"

他老婆屡屡对人出言不逊，当然有不是之处，然而，不讳言，他的这一番话，却也为我开启了另一扇看待问题的窗口。

一点儿也没错，服装的款式，千变万化，或密实或暴露、或花俏或朴素、或新潮或乡气，甲莫笑乙、丙别骂丁，各取所爱。

现在，每每遇上与自己行事作风截然不

清风
徐来
在门外挂串风铃，叮叮咚咚

同的人，我便想：这是她的"款式"，我应该学习容忍和接受；我的"款式"，她或许也不喜欢而正设法迁就与适应呢，我俩是"打成平手"呐!

这样一想，说也奇怪，原本憋在胸口的那股恶气，居然便消失无踪了!

白色谎言

到医院去探访喜获麟儿的姻亲，碰巧她公司里的老杂役也来看她，捎来了一大包苹果。姻亲双目含笑，喜滋滋地说："我最爱苹果啦，医生常说：每天一苹果，病魔门外过，谢谢你！"老杂役十分高兴，满脸皱纹都浸在笑意里。

老杂役走了以后，一贯善解人意的姻亲转头对我说道："嗳，我一咬苹果，牙齿便发酸。拜托你，带回去吃，好吗？"

姻亲以良善的旨意包裹了一个白色的谎言，给了别人面子，也聪明地保住了双方可贵的情谊。

由此，我联想起自己曾经干过的一桩蠢事。

那年，在新年的欢庆气氛里，我受父母之托，带了厚礼和红包，到马来西亚造访一位年事已高而经济拮据的远房亲戚。小坐一阵子，起身告辞时，她忽然颤巍巍地从柜子里取出了一本集邮册子，郑重其事地送给我。从邮票的年份断定，她已珍藏多年。很显然地，她想用这方式"以德报德"。君子不夺人之好，我正色地说："我不集邮，这东西，对我没用！"她没有坚持，可是，脸上的笑意却冻结了。事后得知，她没有坚持是因为她以为我嫌礼薄。我想解释，但却无从解释起，心里十分难过。然而，更使我难受的，是当时她那种自惭形秽的表情。

多年以来，每回想到这事，便嗒然若丧。

朋友年过八旬的母亲不慎跌跤，入院留医。

年轻时，曾是倾倒众生的美人，现在，白发苍苍，依然非常注重仪表。每回上她的家，她总穿戴得整整齐齐，露着一口刷得白粲粲的牙齿、荡着老而不瘪的大酒窝，兴致极高地与我们话东道西；她惯于以许许多多的小欢喜来装点生活，常有如珠妙语。

这一回，上医院探望她，迈入六人共住的病房，一时竟认不出哪一位是她，直到她拼命招手，我才发现，靠墙处那位双颊瘪瘪地凹下去的老妪，便是我的"老"朋友。

趋前，见她双手着急地在床边的小桌上摸索着，问她找什么，她含含糊糊地应："假牙！"假牙一戴上，面貌马上恢复旧观，酒窝饱满、精神奕奕。指着嘴里那排如编贝般的洁亮假牙，她以充满感激的语调笑嘻嘻地说道："这排牙齿，陪了我十多年，如果它会长大，已上中学啦！"

绝妙比喻，令我喷饭。

有赤子之心，而又对世间万事万物保持感恩之心，她的生活，永远灿然生光。

露珠

生命虽然比朝阳更短，可是，它了无遗憾，因为它曾尽了心力展现了自己最绚烂、最光辉、最完满的一面。

明明知道旭阳一升，它便消失无踪；明明知道大风一起，它便倾落湖中；明明知道生命不长、明明知道危险处处，可是，凝在荷上的这颗小水滴，依然很落力、很卖命地把一个很完整、很完美的自己呈现出来。

它倾尽全力为自己圆梦，梦里的它，是一颗圆得无懈可击的露珠。在它为自己筹备那一场生命的演出时，满湖荷叶，寂寂、静静，观看、欣赏。

终于，貌不惊人的小水滴用百折不挠的毅力，修成正果，凝成露珠。

玲珑的、浑圆的、晶莹的、透亮的，有钻石的璀璨、有宝石的光彩、有水晶的纯净、有玉石的丰润。

欣喜若狂的荷叶，大大地开展绿色的手掌，满怀激情地托住它，犹如托住一个千载难得一见的绝色佳人。

旭日冉冉升起，露珠慢慢消失，羽化成气，腾空而去。

生命虽然比朝阳更短，可是，它了无遗憾，因为它曾尽了心力展现了自己最绚烂、最光辉、最完满的一面。

蚊子

两只初出茅庐的蚊子交头接耳地喁喁细语。

蚊子甲说："我最怕飞近人类，因为他们老是凶神恶煞地拍打我，一个不小心，便招来杀身之祸。"

蚊子乙说："我可不同，他们把我看成是光芒四射的大明星，每次我飞近他们，他们便热情万分地鼓掌欢迎我。"

言毕，分头出游。

蚊子甲知己知彼，高度戒备，战战兢兢地去、安安全全地回。

蚊子乙自我贴金，戒心全无，得意洋洋地去，在人类双掌合上那一个清脆的响声里，化成了一堆糜烂的污血。

没有清醒地观察周遭形势，只一厢情愿地活在自我膨胀的良好感觉里，十足是夜郎自大的井底蛙心态；危险当前，不但不加防范，反而误读信息，视敌为友，无异于自掘坟墓。

邮票

如果说信封是屋子，邮票便是屋魂了。我喜欢以五彩缤纷的邮票，将小小的屋子装点得璀璨多彩。

那一年，旅居沙特阿拉伯，常常为了买邮票的问题而与邮政局的职员起冲突。信交到他手上，问也不问，便用机器打上一块好似膏药一样的东西。看着信封右上角那个丑丑的印，觉得它实在亵渎了我写信时那一份美丽的心情。提出抗议，他充耳不闻。那时，为了买邮票这一码事，受的闲气，成箩盈筐。

回国后，上邮局，已成了我每日的例常事务。邮票，任购。有时，邮资五角的信，很奢侈地贴上大大小小好几张不同面值的邮票，花里胡哨的，美不胜收。想象收信人的心情，觉得自己像个灯泡，把对方的心房照得亮晃晃的。

然而，渐渐发现：不行了，邮票贴得越多、设计越美，信件寄失的可能性与概率便越高——尤其是一些寄往国外偏远地区的信件，更是如此。

现在，上邮局，总自动地说："不要邮票，给我打上机印。"

邮票再美，终归是外表而已，信封里密密裹着的那个世界，才是精髓所在。

想通了这样的道理时，人生的道路，已经走了很长的一段。

玉

大地有情、万物有义。施予者与承受者，在圆融和谐的关系里，达成了一种又一种无声而美丽的功业。尽管施恩不望报，但是，往往善有善报。于是，施者与受者之间，便有了个美丽的大循环。

那玉，是淡绿色的，夹有棕色的矿物沁。乍看时，姑姑嫌贵，后来，是卖玉人的说词打动了她的心："这玉，潜质极好，您以气血养它，不出几载，必成绝色。"

姑姑日夜佩戴，那玉，在气与血的滋润下，果然不动声色地起了勾魂摄魄的变化：原本毫不起眼的淡绿色，触动人心地转成了初上柳梢头的翠绿色；土里土气的棕红色呢，风情万种地衍生出深一层浅一层的柿子红、桃子红。斑斓而绚丽，耀目而夺目。

这玉，其实正像是母体里的胎儿。

它蜷缩在子宫里，靠着血脉的运行，静静吸纳母体的精华，慢慢慢慢地转成自身的养分，一分一分地茁壮、成长。九个月后，瓜熟蒂落，呈献一个完美的自我，报答母体默默滋养的恩惠。

大地有情、万物有义。施予者与承受者，在圆融和谐的关系里，达成了一种又一种无声而美丽的功业。尽管施恩不望报，但是，往往善有善报。于是，施者与受者之间，便有了个美丽的大循环。

树

远远看去，那树，枝干纠结，树皮斑驳，叶子慵懒地挂在枝头上，别有一番沧桑美。走近以后，以手触它，冰冷如蜡，这才晓得，是棵假树。

朋友絮絮道出以假树布置家居的种种好处，听了，心动、心喜。一口气买了好几棵回家。原本稍嫌呆板单调的大厅，在盎然绿意的点缀下，果然便有了勃勃的生机，当然，最绝的是：不必浇水施肥，它长年长日翠绿如故。

一日，倚窗而立，忽然惊喜地发现半年前在后园里种下的那棵木瓜树，居然已经高与人齐，在阳光的照耀下，泛出了润泽如玉的亮光。那种亮泽，是鲜的、活的、对未来岁月充满了热切的期待和美丽的憧憬；与室内的几棵假树相比较，着实有霄壤之别，只见它们木木然地站在角落里，就算再给它们十年、百年，它们也不会向上蹿长一分一毫；表面的绮丽繁华，全是掩人耳目的一派假相。

至此幡然省悟：**朋友间的真情实意，便似那扎根于泥地里的树，以丰厚的感情为肥料、以肝胆相照的义气为阳光，它便夜以继日茁壮地成长**；然而，那假树呢，却像足了装模作样的虚情假意，装得再好、再美、再完善，毕竟是假的、冷的、不堪一击的。

钟

买了一只小巧玲珑而设计新颖的台钟，搁在书桌上，欢欢喜喜地与它朝夕相对。

它分秒不差地卖力工作，在运行时，轻轻地发出了富于节奏感的"滴答"声，与我双手按电脑键盘所发出的声音，美妙和谐地交缠在一起。

然而，历时仅仅一个月，这钟，便寿终正寝了，轻轻敲打、猛力摇晃，全都无效。它纹丝不动、气息全无。

将它送回钟表店，经验老到的店东，一语中的地问道："你是不是使用强力电池？"

我直认不讳。

他直切要害地指出病源所在："所有的钟，不论是壁钟还是台钟，都不能使用强力电池，因为它构造复杂，零件精细，强力电池驱动力太强，它承受不了。打个比方说，一名小孩，胃囊只有一丁点儿大，但是，你却喂他大鱼大肉，还能不撑坏他吗？"

吃一堑、长一智。

有多大的头，便戴多大的帽，这是千古不渝的真理。尺寸不合而硬套下去，往往会弄巧成拙，形成无可弥补的破坏力。

　　甲乙丙三位朋友同往小贩中心享用早餐。新开了一摊斋米粉，大家决定试试。

　　明明是斋，却不安本分地摆出一副令人生气的"荤相"：炸鱼丸啦，卤猪肉啦，鲜虾水饺啦，碎肉春卷啦，烧鹅啦，油淋淋、肥腻腻的，一看便倒了胃口。

　　甲只浅尝一两口，便当机立断地把盘子推开，起身，到别的摊子去，另买早餐。

　　乙低头而吃，一筷一筷，心无旁骛地吃得有滋有味，别人笑他饮食没品位，他一声不吭；吃得点滴不剩、盘底朝天后，取出手帕，把嘴巴拭得干干净净，这才慢条斯理地说："东西买来而随意丢弃，不是暴殄天物吗？我当然知道不好吃，可是，我刻意把它想象成我喜欢的食物，边想边吃，便不难下咽了。"

　　丙呢，心痛那钱，不肯丢弃，却又发挥不出任何足以"扭转乾坤"的想象力，所以，一边吃，一边发牢骚，唠唠叨叨，骂东骂西、怨天怨地，吃得苦口苦脸、消化不良。

　　甲乙丙，正好代表了一般人对人生的三种态度：甲痛快淋漓、乙豁达明智、丙猥琐阴悒。

当许多家庭都因为婆媳问题而闹得鸡犬不宁时，阿卿始终是她婆母掌心里的一颗明珠。

有人向她探问秘诀，她亮出了百试不爽的醒世格言：吃"暗亏"，别在意。

她举例说明。

"我的婆母，自中国南来，节俭成性，家中伙食，多以青菜豆腐为主。闲来无事，去当义工。有一回，交50元给我，说某个团体要慰劳30名义工，嘱我为她烹煮食物。50元，要煮30个人的食物，难度实在太高了呀！我思前想后，决定拟一则白色的谎言。我上菜市，花了将近两百元，煮出了风风光光的一顿餐食，人人吃得心满意足，赞不绝口，婆母开心极了，逢人便说：嗳，是我媳妇煮的呢；说这话时，连眼睛都会笑。以后，有同样的差事，总交给我做，我呢，也总是依样画葫芦，赔钱为她买快乐。有人说我傻，暗亏吃了一次又一次，居然还乐此不疲。可是，你且想想，我只花了区区一点小钱，便为我的婆母挣来了如潮的赞美和天大的面子，也同时为许多义工带来了快乐和期盼，你且说说看，我吃的究竟是哪门子的亏呢？"

她继续说道："**当你心中有爱，自然就能换取到爱；当你用双手送出快乐的时候，你也会同时接受到快乐。**"

吃"暗亏"的阿卿，其实是生活里最大的赢家。

"当你心中有爱，自然就能换取到爱；当你用双手送出快乐的时候，你也会同时接受到快乐。"

疤痕

打算煎鱼。

不小心在锅里倒入过多的油，当热油"滋滋滋"地冒出烟气时，我快手快脚地把鱼丢进去，"嗤"的一声，那尾惨惨地被逼入油锅的大鱼，好似存心要报复般，狠狠狠狠地将沸腾的油用尾巴"扫"出锅子外。

那些油，残酷阴毒地、不偏不倚地，全都泼在我手臂上。

我惨叫出声，酱油急敷、牙膏急抹、冰块急压，然而，全都无效；一条手臂，好像被人用刀子剖开似的，剧痛不已。扑去医务所，让医生敷药。

紧接着的两个星期，灼伤处起了一层薄薄的膜，皮肤绷得紧紧的，好不难受。待薄膜脱落后，我悲伤已极地发现：留下的疤痕，色泽极深，宛若一只深褐色的八爪鱼，丑恶而又跋扈地盘踞在手臂上。

每回看到它，懊悔、难过、生气，百般滋味，齐上心头。每天仔细地审查一次，那疤痕，好似千年不融之雪，固执而又邪恶地凝在那儿，愈看愈受不了，想到这一辈子必须与它"生死与共"，那种感觉，十分不堪。

渐渐地，生活里忙忙碌碌的其他事务夺去了我的注意力，我不再看它、不再管它，随着时光的流逝，那疤痕，竟在不知不觉间淡了、淡了，最后，隐没不见了。偶尔目光停驻在那全无烙痕的手臂上，竟恍然不知前尘有何旧事。

　　疤痕，不论有多深，只要任由它去，它便痕迹不留地去了、去了。

　　我想，人世间所有属于感情的烙痕，都是这样消失的吧！

阳光与青苔

一位年过四十的女友，老是把欢笑缀成花串，让百花馥郁的清香飘进生活里，人人都喜欢和她接近。谈起她时，都说她是受幸运之神特别眷顾的天之骄女。然而，彼此熟稔了，才知道她阳光般亮丽的笑容下，也有长着青苔的阴暗面。

她患有难以治疗的神经性风湿痛，一发作便痛得死去活来。有时，还必须用枕头捂着嘴，才能防止自己尖叫出声；然而，抱怨和诉苦，是她生命里的绝缘体，平时，对自己这病，她只字不提，只有当别人为病痛折磨而口出怨言时，她才以自己为例而替别人打气。

她与患有严重哮喘病的婆母同住，由于担心婆母突然发病而无人急救，所以，睡不安寝，常常半夜起身到婆母的房里去查看。有时，起身之后，便难以再入眠。

"一失眠，我就读书啰，愁什么！这些年来，许多好书，都是这样读完的！"她双眸含笑地说："婆母一向待我不薄，我必须让她安享晚年。"

这个重情重义的女人，以微笑面对人生而以笑声装点生活。她将明媚的阳光从大门引进来，使屋子角落里阴阴滋生的青苔也被照出一层美丽的亮光。

车匙

　　驾车到小贩中心去用午餐，吃了一大碗热气腾腾的鱼片米粉后，去水果店买葡萄、橘子、苹果，之后，又到杂货店，买虾米、干贝、马铃薯。提着沉甸甸的东西，欢欢喜喜地走向停车场。然而，当我把手伸向皮包外层那个惯放车匙的格子时，一颗心，却像猛然被凿出一个大洞的船只一样，迅速下沉——那儿，拉链敞开，里面的车匙不翼而飞。

　　心慌意乱地回返小贩中心，一寸一寸地寻寻觅觅，然而，大汗滴小汗，一无所获。问摊主、问店东，都说没见着。无计可施，决定先坐计程车回家去想办法。计程车风驰电掣地驶着，快到家时，我想把门匙取出来，然而，手一伸进皮包内层的暗格，一颗心，霎时便变成了霓虹灯，闪出万千璀璨的色彩——啊，车匙，我的车匙，正稳稳当当地和门匙挤在一块儿哪！

　　一向惯置于皮包外层的车匙之所以会不可思议地"跑到"内层来，是因为一时不小心错放了；然而，我却被思维的盲点所误，一心认定车匙掉失了。

　　失而复得那种如释重负的感觉，使我在开启车门时，心里涌满了前所未有的幸福感。

　　可是呀，如果这回我差点丢失的不是车匙而是通向他人心扉的心匙，即使重新寻获，屋内风光恐怕已是面目全非了。

所以嘛，心匙应该珍重而慎重地密密收藏好。

心匙，失去一次，从某种意义上来说，就等于是永远失去了。

清风
徐来
在门外挂串风铃，叮叮咚咚

爱情死亡以后，人分三种。

愚者多怨。

把被负、被伤、被弃的憾、恨、怒，化为逢人便说的故事，若有雷同，绝对共鸣。琐琐碎碎、窝窝囊囊，百说不厌、百诉不累，把自己化成了一条又长又臭的缠脚布。人人退避三舍，她却浑然不觉，依然还在唠唠叨叨地争取早已流产的同情。

仁者不言。

一个手掌拍不响，恋爱与分手、结婚和离婚，都是属于两个人之间的事。

爱情的鹊桥断了，双方都有责任。就算对方移情别恋，也只能归咎于缘分灭绝。保持缄默，是自我尊重的方式。

智者不记。

把相恋的狂喜化成披着丧衣的白蝴蝶，让它在记忆里翩飞远去，永不复返。净化心湖，与绝情无关——唯有淡忘，才能在大悲大喜之后炼成牵动人心的平和；唯有遗忘，才能在绚烂已极之后炼出处变不惊的恬然。

梦

和一位事业有成的郭姓朋友聊天。他语带诙谐地表示，"同床异梦"这句成语，是他无论如何也难以了解的，原因是他虽已年过不惑，可是，从来不曾有梦。我促狭地应："啊，无梦，唯一的解释是：你为人太枯燥，生活太单调，连梦境也是一片乏善可陈的空白……"话还没有说完，思路敏捷的他便打岔地说："不不不，晚上无梦，主要是因为我现实里的生活就是一场又一场美丽的梦！"

啊，短短几句话，便道出了一种极端美丽的生活哲学。

一般而言，事业成功的人，多半把人生视为战场。身披盔甲，手执干戈，带领士卒，冲锋陷阵。在刀光剑影的淋漓鲜血中，以无数堆叠着的尸骨铸造自己光荣的勋章。闪闪发亮的勋章沉沉地挂在身上，夜幕低垂，在连连的噩梦里，但见眼前一片令人毛骨悚然的血腥。

然而，郭姓朋友却不爱作战，他爱做梦。他不是埋首于衾枕中痴痴地等梦来寻，反之，他与众多下属在祸福与共的信念下，共同营造一个又一个璀璨的梦，设法把他人眼中全无可能的童话拼尽全力化为可触可摸的现实。他的口头禅是："做人心安理得，晚上才能睡得安详稳定。"所以嘛，他抗拒恶性竞争，他排斥不守规则的游戏。他脚踏实地，实干、苦干，从无到有，又从小有到大有。一个梦想实现之后，重又开拓一个新的；连续不断、绵绵不绝。

　　夜里无梦的他，其实比任何人更懂得做梦的艺术。

能者

临危不乱而逢凶化吉，已属难得，然而，能够绝处求生，反败为胜地大放异彩，才是真正的能者。

坐在面前的，是一位英气勃勃的会计师，刚刚因为表现突出而被擢升，满脸晃动着灿烂如旭阳的笑容。他不是含着银匙出世的，谈起童年，有刻骨铭心的记忆："那时，单位分配给父亲的住所很不理想。前面是火车轨道、后面是大垃圾槽，火车日日夜夜隆隆而过，苍蝇没时没刻乱飞乱叮，又吵又臭、又脏又乱。家在四楼，楼梯狭窄黑暗，每天上上下下都得小心翼翼地摸索着走。那时，饿肚子是常事。有一回，母亲外出张罗吃的，我饿得简直就变成了薄薄的一张纸了。这时，从窗口看到母亲回来了，我虚飘飘地晃到门外，然而，才走了两三级，整个人便摔了下去，把右手摔断了。在那段漫长的治疗时期里，整条手臂，好像废了一般，全然动弹不得。我不愿荒废学业，所以，拼命用左手练字写字，等我伤势痊愈而回返学校时，我已能兼用左手和右手灵活地写字了。"后来，他的这项绝技还多次得到校方的表扬呢！

临危不乱而逢凶化吉，已属难得，然而，能够绝处求生，反败为胜地大放异彩，才是真正的能者。

年过不惑的弟弟患上了一种罕有的耳鸣症，十分痛苦。据他描绘：从他耳膜深处传出来的声音，一声一声，好似沉重已极的战鼓，听得人心叶紧缩，欲逃无门。西医束手无策，中医亦升白旗。此后，有很长一段时间，弟弟绝口不提耳鸣症。最近，问起，他挥一挥手，潇洒地说："没事啦！"追问之下，才发现他耳中"战鼓"由始至终从来不曾停息过，然而，他却强逼自己将它当作是一种无可化解的"背景音乐"，不与它"激烈交战"，但却与它"和平共存"，久而久之，那可恶可怕的"战地鼓声"竟然变成了他的一部分，别人不提，他也根本意识不到它的存在了。弟弟悠然自得地说："不戴耳机而乐声不绝，我这才是天赋异禀呢！"

罹患屡医不愈的顽疾，然而，他逢人不投诉、独处不沮丧，抱着"灭敌不成"便"化敌为友"的超然心态，打了一场漂亮的胜战。

在与病魔对抗时，"化有为无"的这种经历和斗争，是酷烈已极的，然而，人世间偏偏有许多人，"无中生有"地酿制出许多心理上的疾病，终日哀哀悲鸣，凌迟他人的听觉、消蚀自己的意志。实际上，如果活得积极而又积极地活，纵有大病大痛，那人生，依然还是完美、完整、完满、完善的。

耳鸣症

时髦

真正的酒客，买酒喝酒，不为哗众取宠的绚丽酒瓶，他们在意的，是瓶内的酒香、酒气、酒味。

在唯美主义流行的今日，为了迎合顾客喜欢追求新鲜感的心态，中国许多不同品牌的酒厂纷纷推陈出新，更换包装，越换越精美、愈换愈堂皇。独独一个拥有数十年历史的老品牌坚持不换，保持着那个被许多人视为老土的瓶装设计。

有一回，与该厂的负责人在一个饭局上邂逅，问起，他淡定自若地说：

"不追随潮流，并不等于不时髦。"

咀嚼这话，意味深长。

啊，只有信心十足者，才能凭着大无畏的精神，以不变应万变，也只有内涵丰富的人，才能从容镇定地抗拒众人的"羊群心态"而保持"众人皆醉我独醒"的状态。

那瓶子，乍看落伍，然而，仔细端详，却发现它具有拙朴古雅的特色，当它不动声色地立在诸多花里胡哨的酒瓶当中，反而有着一种鹤立鸡群的沉着。

真正的酒客，买酒喝酒，不为哗众取宠的绚丽酒瓶，他们在意的，是瓶内的酒香、酒气、酒味。

上述老品牌，坚持不在包装上走媚俗的道路，但是，它努力充实内在美，年年斥资于务实的研究工作上，精益求精地改良酒的品质，结果呢，酒价年年上升，人人趋之若鹜，成了永远的老品牌。

清风
徐来
在门外挂串风铃，叮叮咚咚

最近，有人告诉我一则笑话。

一对姐妹花，同时爱上了住家附近的一位交通警察。两人都一心一意地认定该名交通警察爱的是自己。

姐姐得意洋洋地对朋友说道：

"每天当我经过十字路口时，他一定会指挥车子停下来，好让他能多看我一阵子。"

妹妹呢，却也不遑多让，逢人便说：

"他真的对我很好哩，每天当我经过那个十字路口时，他一定会刻意安排让车子驶过去，以免浪费我的时间空等候。"

有人对交通警察提起这事，他茫然反问：

"哪一对姐妹花？我怎么从来没有见过她们？"

正如那一对姐妹花一样，我们常常不自觉地活在良好的自我感觉里，把不堪一击的镜中花、水中月看成是非己莫属的囊中物，还言之凿凿地找出"人证"和"物证"，借以说服自己那不是虚无缥缈的"海市蜃楼"，而是地基稳固的高楼大厦。

有些人，在幻梦破灭之后，会强逼自己面对残酷的现实，一番惆怅、一阵痛苦之后，譬如昨日种种死，调整心情、改变视野，重新出发，重新定位。然而，有些人，无论如何都不肯相信他所看到的仅仅只是不值一哂的假象，一辈子都可怜复可叹地活在自欺欺人的情境当中，大限来临时，他才悲哀地发现，他其实没有真正活过——活着的那个，只不过是象牙塔里一个虚幻的影子罢了！

清风
徐来
在门外挂串风铃，叮叮咚咚

在一个宴会上与一位新认识的朋友甲笑谈甚欢。这位朋友，经商，阅历广，能言善道，许多传闻到了他口里都变成了粲然生光的谈话素材。正言笑晏晏之际，忽见他双目闪出湛湛亮光，双手高举，向前方一位男士乙热诚万分地打招呼，嗨嗨连声。乙快步趋前，两人大力握手，双方都笑意盈脸。一番例常寒暄过后，甲对乙歌功颂德，高帽频送，甚至转头对我说道："这个人物，非比寻常，他的成就和经历，值得你给他写部传记呢！"乙自然受落无穷，眉飞色舞，有一种把整个世界踩在脚下的气势。

乙走开后，我专注地读乙那印着长长头衔的名片，甲突然以充满了鄙夷的口气不屑地说道，"这个人，是个骗子，你千万得敬而远之！"接着，骂声不绝，出语刻薄，语气尖酸。愕然地听着这一切的我，完全失去了说话的心情、兴趣和信心。找了个借口，速速离座而去。

和一位戴了面具的人攀谈，我有一种如履薄冰的感觉，而且，最重要的是：心和口不一致的人，使我无所适从，我不知道从他嘴巴流出来的话，到底是出自心坎深处，还是信口胡诌的；更糟的是：当我说话时，我不知道该对着他的口来说，还是对着他的心去说。如果我选择后者，万一、万一，他的胸腔里根本没有心，怎么办呢？

宝贝与废物

看中目标，抓住要点，力争上游；逢挫折不退缩、遇诱惑不变节；屡败屡战，永不言弃；屡胜屡战，永不自满。最后，必定能成为唯一的赢家。

这人在百货公司里示范一种新品牌钢锅的用法。他煎豆腐，煎好的豆腐，像小巧玲珑的金砖，黄澄澄、亮闪闪，煞是美丽。

他口沫横飞地说：

"用这种锅煎豆腐，外脆内软，入口即化，特别美味。这种豆腐啊，质地细，煎起来没孔洞，吃起来没豆渣，天天吃它，营养特好。"说毕，环顾众人，问："大家有什么问题吗？"

这时，人群中响起了一个妇人的声音：

"请问，在哪儿可以买到这种豆腐？"

我忍俊不禁。

嘿嘿嘿，示范者和观赏者，全都搞错了重点。

甲明明要推销的是钢锅，说的却是豆腐的诸种好处；乙看的明明是钢锅的示范，问的却是该到菜市去问的问题。

重点放错，徒劳无功。

人生的大小事情，莫不如此。

看中目标，抓住要点，力争上游；逢挫折不退缩、遇诱惑不变节；屡败屡战，永不言弃；屡胜屡战，永不自满。最后，必定能成为唯一的赢家。

然而，一开始重点如果放错了，那么，一切的力气都是白使的、白费的；也许两鬓斑白时，才可悲可叹地发现自己白活了一辈子。富兰克林曾说："宝贝放错了地方便是废物。"这话，可真是至理名言。

我爱看书，什么书都看，独独不看的是鬼书。

我爱看戏，什么戏都看，单单不看的是鬼戏。

不看，心中永远无阴影，既不会把姜姜草木看成是剑拔弩张的士兵，也不会将落在杯里的弓影看作是口吐猩红舌芯的毒蛇；活得坦坦荡荡、自自然然。

无独有偶，最近和一位被他人视为"天不怕、地不怕"的朋友聊天，居然发现他也不看鬼书和鬼戏，原因是：与书里和戏里摄魂摄魄的妖魔鬼怪接触得多，往往会在潜意识里形成"庸人自扰"的"魑魅魍魉"，结果呢，疑心生暗鬼，处处都是鬼。

他举例说，过去，他的办公室坐落于一幢历史悠久的古老建筑里，白天人多，败象不露，夜晚一来，阴气便生。有时，必须在星期天独自回去处理堆积如山的公文，在偌大的办公室里对影成双，电话常常会莫名其妙地响起来，接听时，却又没人说话。

他气定神闲地说道："我只当那是错打的电话，怕什么呢？后来，电话再响，便任由它去。试想想，如果我平日常常看鬼书鬼戏，这时，各种可怕的联想便会纷至沓来，哪里还能保持如水般平静的心境继续办公！"

言之成理。

他的话，让我不由得联想起邻居曾经说过的一则真实故事。

有幢独立式洋楼，在发生了谋杀案之后，成了待售的凶宅。有人抱着勇者无惧的心态，很快地买下。大兴土木，拆掉旧宅，改建新屋，建得美轮美奂。可是，仅仅住了一年，便举家迁走，在屋子外面挂了个"待售"的大牌子。有人问起，他心有余悸地透露：屋内"冤魂"不散，电话铃声常常在深更半夜凄厉无比地响起，接听时，另一端却又是一片令人毛骨悚然的寂静；惊扰不安的家人渐渐患上了神经衰弱症，逼于无奈，只好速速迁走。屋子空置了两三年之后，被外来移民买下了，由于不明内情、不谙屋史，住得心安理得，快活似神仙。由此可见，心中无鬼，处处无鬼。

一位性子洒脱的朋友在谈鬼论怪时，一针见血地指出：其实，人怕鬼，是因为人不了解鬼。人在阳间，鬼在阴间，阴阳两界，泾渭分明，井水不犯河水。所谓盗亦有道，鬼也有鬼的"道德规范"，人与鬼，窄道相逢，只要你不惹他，他也绝对不会来干扰你的。他接着说了一句令人喷饭的话："我真正怕的，是那些喜欢进行性骚扰的女鬼！"

认真想想，比鬼更可怕的，其实是世间那些丧尽天良、干尽坏事的人；至于半夜里"自得其乐"地响着的电话铃声，不是比人间处处流窜着那些无中生有的"鬼话"更可爱吗？

朋友参加了一项为期四天的心理训练课程，目的是通过训练向自我提出挑战，以便将内在潜能的极限挖掘出来。课程主讲者表示：在进行自我挑战之前，最为重要而又最为困难的一环是：重新认识自己。他认为许多人的通病是过于在意别人的目光，有时，甚至为了旁人不符实际的批评而大力压抑自己的感受、扭曲自我的本性，硬生生地将自己套入一个不适合自己的生活模式中。如此迎合他人的要求，活得既不自在，又不快乐。主讲员严正地指出，要成功，首要条件便是：认识自己、接受自己、忠于自己。

句句都是掷地有声的金玉良言。

说说一个有趣的小故事。

有一位心理学家找来甲、乙两个小孩进行一项心理测验。他出示一幅画，画里有只小兔子坐在餐桌旁哭，兔妈妈站在一旁板着脸孔。家境拮据的甲对这幅画的理解是：兔子因为吃不饱而哭，兔妈妈则因为家里没有食物而难过。家境富有的乙呢，一心认定兔子哭是因为胃囊撑得太满，再也吃不下东西了，可是，爱子心切的兔妈妈却强逼它非吃不可。

瞧，一幅简简单单的画，却因看画的人境遇不同而产生迥然而异的看法，由此可见，鉴定事情的眼光，是见仁见智的。同一个人，做同一件事，落在不同的人眼中，当然也会有不同的说辞。顺得哥来失嫂意，如果我们今天为了张三李四的批评而改变自己，明天又为了张五李六的言论而改弦易辙，到了最后，一事无成而又没了自己。

最近，在台湾《青年日报》读及一则新闻特写，觉得很有意义。一位陈姓青年在工厂爆炸事件当中被严重毁容，出门时，人人当他是瘟疫，惊呼："像鬼，怎么这样难看！"他活在别人异样的眼光里，痛苦不堪，患上了自闭症，足不出户。后来，经过长时间不堪回首的挣扎，他终于站了起来，勇敢地重入社会，以自己为例子，积极为伤残者争取福利，努力改变社会人士对伤残者欠缺尊重的态度。现在，他出门，有人发出负面恶评，他总不慌不忙而又潇洒幽默地应道："白天吓到你，这是社会教育的问题；夜晚吓到你，才是我该负的责任。"走出了牛角尖而将旁人当透明的他，对记者说出了一番极耐嚼咀的话："人生很重要的一课是，我们要学会接受自己，如此才能活得自信、自在。无论美丑，一百年后都是一样的，只是一团灰而已。"

是的，尘归尘，土归土，百年之后，人人都在熊熊烈火中变作灰烬；那么，在成灰化土之前，为什么我们不尽量保持自我的特色，活出一个独特的自己？

人，只能活一次呢，谨记，谨记呵！

白纸与墨迹

一张纸，在肮脏的墨迹之外，还有一大片美丽的空白；而每一粒种子内，都有着无可限量的发展空间呵！

日本剧集《阿信》，有一个片段很深很深地触动了我的心。

在日本传统发型渐不流行的当儿，片中女子阿信在师傅的大力鼓励下，学做西洋发型。阿信勤奋而又聪慧，她学习时不是一板一眼地依样画葫芦，而是触类旁通地注入自己的新意念、新构思。一日，店里来了一名时髦的客人，指定要做西洋发型。师傅大胆地让当时还是学徒的阿信出来应付。客人表示要做"遮耳发型"，而且，声明不要烫得太卷。阿信仔细观察了她的脸型，觉得微卷的遮耳型不适合她，于是，在她打瞌睡的当儿，擅作主张，为她烫了一个波浪形的新发型，耳畔还晃晃荡荡地垂着两绺扭曲如麻花糖似的鬈发，整个人看起来妩媚而又亮丽。发型做好后，客人睁开了惺忪的双眼，只朝镜里一看，便像被人戳了一刀似的，气势汹汹地喊了起来："哎呀，我叫你做遮耳型，你怎么做成这个样子！"阿信诚惶诚恐地应道："我觉得遮耳型不适合您，这个新发型，完全是依照您的脸型设计的！"客人气昏了头，对着师傅大喊大叫："你怎么搞的，居然请这种人为客人做头发！"师傅沉着地应对："对不起。如果您不满意，我们就不收钱好了！"客人冲向玄关，一边穿鞋一边诅咒，穿好鞋子，分文未付，扬长而去。阿信泪流满脸，几近崩溃。师傅不顾店里其他人的冷言冷语，只温和地对阿信说道："你不是已经很努力去做了吗？不要放在心上。"

看到这儿，我的心弦，大大地被牵动了。

"你不是已经很努力去做了吗？不要放在心上。"

寥寥短短简简单单的两句话，包含了多少宽容多少爱心多少鼓励！打击当前，这两句话，是定心丸、是强心针，给了阿信继续拼搏的勇气。根据剧情的发展，过了不久，那位大发雷霆的客人上门来拼命道歉，指名要阿信再为她做头发，因为上次的新发型，得到她朋友一致的赞赏。从此，阿信付出加倍的努力，终于成了东京一位遐迩闻名的发型师傅了。

如果说阿信是千里马，她的师傅无疑便是伯乐了。当伯乐，除了慧眼之外，慧心亦同等重要。慧心指的是包容的心、宽厚的心。一旦肯定了千里马的才干之后，便放手让它恣意驰骋，它若不小心扭伤了脚，便应细心为它裹伤、疗伤。切莫因一次的失误而否定它日行千里的能力。

最近，有位朋友和我说了个饶具兴味的小故事：一日，他向同事索取一张白纸，同事把纸给他，他埋怨："你怎么给我一张沾有墨迹的纸！"同事淡淡地应："这纸，不是有百分之九十九是洁白的吗？"

我们的确常常犯上同一毛病——看不到摊在眼前的那一大片空白，仅仅着眼于那小小的一点墨迹；我们只看到苹果里碍眼的籽，却永远没有看到孕育蕴藏在种子里那硕大的苹果。身为上司或为人师表者，应该时时记得：**一张纸，在肮脏的墨迹之外，还有一大片美丽的空白；而每一粒种子内，都有着无可限量的发展空间呵！**

人人都说猪笨、猪懒、猪丑、猪脏。

小时，住在金殿路，附近有养猪人家。到猪圈去看猪，是我们姐弟们在百无聊赖时最爱的小消遣。

猪的吃相，是穷凶极恶的囫囵吞枣，而咬嚼食物时所发出的噪音，足以把安静的空气撕成细细的碎片。它们老在吃，只要农户把猪食倒入猪槽，不必呼唤、不必催逼，它们便会迫不及待地迈着笨拙的步履，赶着去吃，吃得全心全意而又欢天喜地。

猪还喜欢在烂泥堆里玩，黏黏湿湿的烂泥粘得满头满脸满身体，龌龊邋遢、臭气熏天，它却乐不可支。

吃得饱、玩得累，它便睡。睡得酣畅、睡得放肆，天塌下来它还以为老天送块大饼来给它盖身体。

一日，养猪人家上门来，要求母亲送他残羹剩饭以喂饲猪，善心的母亲一口答应了。他留下一只圆圆的铁皮桶，母亲把每餐残余的食物倒入，他每天按时来取。

噫，猪和我们吃着同样的食物呢，我们兄弟姐妹挤眉弄眼、互相取笑：会不会有一天看到猪猡时，以为自己在照镜子?

哈哈哈，哈哈哈。

在那娱乐匮乏而玩具欠缺的年代里，肥肥的猪，为我们苍白的童年镶了一道瘦瘦的彩虹。

成长、成家之后，在城市规划下，养猪人家先后迁徙，逐步递减，最后，销声匿迹。我的孩子，已成了"只知食猪肉、未见猪走路"的一代了。一提起猪，他们想到的是猪扒、回锅肉、甜酸排骨、南乳扣肉、蒜泥白肉、蜜汁火腿……猪到底长成什么样子，他们无从知道。

二十世纪九十年代初期，带三个孩子到海南岛省亲，在文昌县婆母出生成长的乡下地方，孩子们终于看到了"会走路的猪"，那种溢于言表的兴奋劲儿，使我强烈地感受到城市孩童另一个层面的贫瘠。

猪年的跫音愈来愈近时，我给朋友寄贺年卡片。想写几句以猪为主题的吉祥话儿，然而，搜尽枯肠，浮上脑际的，居然全都是负面的熟语，什么"猪八戒照镜子，里外不是人"啦，"猪八戒吃人参果，全不知滋味"啦，"猪八戒上阵，倒打一耙"啦，"猪来穷家、狗来富家、猫来孝家"啦，"猪也糊、木也糊"啦，等等等等，没半句好话。再想想，生活里常用的，也无一不糟。想来想去，就只敢给最要好的一位朋友戏谑地写上这几句："嗳，交上像你这样猪头猪脑的猪朋狗友，也算是臭味相投了。"其他的朋友，我就只能借用"猪"的谐音字"珠"来玩玩文字游戏，借以寄上新年虔诚的祝福了。

猪，真的一无是处吗？

日本神户的牛，得以住在洁净的牛舍里，听音乐、喝啤酒、还有专人按摩，才矜持娇贵地长出一身好肉来供人品尝，而今风靡澳洲的 Wagyu Beef（神户牛肉），据说也是异曲同工的产品；可是，猪呢，吃的是馊饭馊菜、住的是烂泥堆，但却毫不计较地长出一身珠圆玉润的细皮嫩肉；人类物尽其用，猪皮猪肉猪心猪肝猪腰猪肺猪脑猪肠猪骨，蒸炸煮炒焖炖煮，甚至连猪血都不放过；然而，然而呀，万物之灵一边津津有味地吃着猪儿的里里外外，一边却又尖酸刻薄地讥笑它、讽刺它，吴承恩先生还把好色这莫须有的罪名加在它头上！

亲爱的猪，sorry（对不起）哦！

永远的熊猫

曾经读过一则有关熊猫的笑话，说的是熊猫有两大愿望，一是希望能够通过激光手术治愈自己的黑眼圈，二是希望在有生之年有机会拍一张彩色照。

莞尔之余，心想：倘若熊猫会说话，一定会大声反驳：不不不，我不要激光手术、我不要彩色摄影；我要我独一无二的黑眼圈，我要我独树一帜的黑白皮毛。

是的，熊猫最特别之处就在于将世人眼中的不完美化为自身无可更易的旷世之美。在大家一窝蜂地追逐璀璨色彩的浊流里，它却置身事外地保持着自己朴实无华的形象；在众人一面倒地把"毫无瑕疵"定为审美的唯一标准，它却超然物外地以两个大大的黑眼圈睥睨天下。

熊猫是稀有的大型动物，栖于竹林，仅仅分布于中国四川山区和西藏部分地区。1936年，有只幼龄的熊猫第一次被运到美国展出，这只名字唤作"淑玲"的熊猫，立刻风靡美国，也成了美国制造熊猫玩具的滥觞。

实际上，我童年拥有的第一个也是唯一的一个绒毛玩具，就是熊猫，是一名从外地来访的亲戚送的。在那捉襟见肘的童年里，这只熊猫，像一盏美丽的灯，把我贫瘠的生活照得灿然生光。熊猫毫无心计的憨态，使我放心地向它倾诉最隐秘的心事，不论我说了什么，也不管我说了多少，它都静静地听，密密地收，绝不外泄。在那凡事敏感的年龄里，许多不必要的愤怒和忧伤，因此都有了很好的宣泄管道。

成长以后，美丽的熊猫，依然处处充斥着我的生活。在远方来鸿里，它浓缩成一枚小小的邮票，一脸不问世事的天真无邪；在大大小小的画册里，它憨态可掬，可爱逗人；到了新闻里，它却又摇身一变为中国的"亲善大使"，每一只由中国送往其他国家的熊猫，都象征了中国向外伸出的友谊之手；享有这等殊荣，熊猫却不曾变得趾高气扬，它依然故我，一派亲切和蔼。

熊猫，成了我心中最深的渴望与希冀。

我想看它。

终于，机会来了。

我于 2005 年接受邀请，到四川成都去参加文化活动。活动一结束，我便听到了内心深处那一个潜伏已久的、殷切而又热切的呼唤。

火急火燎地赶到动物园去，去赴一场宛若童话般的约会。

终于，看到了。

重达百余公斤的大熊猫，巨大而不笨拙、朴素而不乡气、逗趣而不矫情。

它们不像马戏团内的猴子般爱玩噱头、丑态毕露；也不像铁笼子里的狮子般满腔怨怒、满脸不甘；更不像动物园中的孔雀般扭捏作态、孤芳自赏。

它们不亢不卑，坦坦荡荡，悠然自得地以自己的方式来过活；有些坐着，冥思；有些趴着，做梦；有些则在享受美食。

它们津津有味地吃着的，是新鲜的箭竹。据说熊猫原本是肉食动物，然而，森林的开发造成它们栖息之地逐渐缩减，生活条件受到了限制，觅食不易，只好靠箭竹为生。物竞天择，适者生存，这道理，熊猫是懂得的。

华人是众所周知的饕餮，他们吃猫、吃熊，独独不吃的是熊猫。

吃"大众情人"？谁舍得呢！

吃"亲善大使"？会折寿的啊！

熊猫，是永远的熊猫。

憨厚、纯洁、宽容、善良、沉着、恬静、甜。

这个活化石，是我心里一个完美的惊叹号。

在网上看到一组图文并茂的小故事，妙趣横生，令人喷饭。

一对年过六旬的夫妻共庆结婚 35 周年纪念。他们在浪漫的烛光里甜甜蜜蜜地举杯欢庆白头偕老。他俩的恩爱感动了一名仙女，仙女现身，快活地舞动着仙棒，说："你们各自许个愿望吧！"妻子毫不犹豫地说："我想和我亲爱的丈夫一起去环游世界。"仙女棒子一挥，旋踵间，桌上便出现了两张环游世界的邮轮票子。轮到丈夫许愿了，他想了一会儿，说："我只能许一个愿望，而这又是个千载难逢的机会。"说着，对老妻露出了一个抱歉的表情，说："我想要一个比我年轻三十岁的妻子。"妻子大惊失色，仙女则不动声色地点了点头，仙棒一挥，电光石火之间，那个重色轻义的丈夫，立刻多出了三十岁，变成了一个腰弯背驼、年过九旬的老叟。他的愿望，具体地实现了。

有人戏谑地指出：杜撰这故事的人，必然是个女权主义分子；然而，我认为，故事的寓意直接而简单——任何有非分之想的人，往往都会自食恶果。

另一则故事，也有异曲同工之妙。

有神仙将一瓶能够恢复青春的"仙水"送给一对年届半百的夫妻，嘱他俩各喝一半。没想到自私的妻子却趁丈夫去厨房拿杯子的当儿，"咕噜咕噜"地把整瓶"仙水"喝光了。等丈夫兴冲冲地拿着空杯子出来时，却惊愕地看到妻子已变成了地上一个张着口哇哇哭着的小婴孩。

还有一对胖手胼足的贫贱夫妻，在生活线上碰得焦头烂额。仙人同情他们，让他们共许三个愿望。许久未闻肉味的丈夫冲口便说："我想要一条特长特大的香肠。"红光一闪，一条特长特大的香肠便落在盘子上。这时，妻子看到一个大好愿望被丈夫如此轻率地浪费了，忍不住尖声大嚷："你这蠢人，我真希望这条香肠能够粘到你鼻子上。"红光一闪，香肠从盘子里飞起，结结实实地粘到了他的鼻子上。丈夫看到自己的鼻子无端端变得像水喉一样长，还"九曲十三弯"地拖在桌上，惊慌地大喊："我要我的鼻子！"话语甫落，红光一闪，香肠消失不见了，一切恢复原状。这对互相怒骂的夫妻不晓得：他们其实已得着了黄金也买不到的幸福。试想想：有什么比平凡而踏实地活着更可贵的呢？

且听听以下另一对夫妻的悲惨故事。

相传有只断了的猴掌很灵验，但由于被人下了咒语，十分邪气。一对老迈的夫妻执意买它，卖者善意地提醒他们："你们可以向它许三个愿望，愿望百分之百会应验，但是，你们也许得付出让你们懊悔莫及的代价。"这对夫妻心想：他们都已年过七旬了，人生的烛火已将熄灭，不试白不试，所以，心无所惧地把猴掌买回家。当晚，便虔诚地向猴掌许愿，希望猴掌能带给他们一笔巨额横财。他们下重注买彩票，但买了好几次都没中。两个月过后，有人上门，带来了使他们撕心裂肺的噩耗，他们当空军的独子飞行失事，虽然保存了全尸，但是，脸孔尽毁。两老痛不欲生，办完丧事后，空军部队送来了抚恤金，他们一看，如遭雷殛：抚恤金的数目，不多不少，正是他们向猴掌拜求的巨额钱财！两老肝肠寸断，当天晚上，忆子几近疯狂的老妻突然向猴掌拜求："求求您，让我孩子复活吧！"过了不久，夫妻俩便听到叩门的声音，妻子冲去开门，可丈夫却以残存的一丝理智急速地拜求猴掌："啊啊啊，让他安息吧！"叩门声戛然而止。

只要平安无事，平凡就是幸福。

不必苛求，更不要奢求。

蜘蛛网

把一份温柔提早放进孩子的心，当他走在人生的道路上时，便不会忘记，时时停下脚步，关心别人的伤痛。

一位睿智的朋友，从<u>丝丝缕缕</u>的蜘蛛网里，看到了自己变化多端的心路历程。

十余岁时，在路上一蹦一跳而"巧遇"纵横交错的蜘蛛网，会毫不犹豫地在地上捡起树枝，主动出击，一戳、一挑，看见偌大的一张蜘蛛网在电光石火间灰飞烟灭，变成缠在树枝上的一缕"幽魂"；再看到惊惶失措的蜘蛛方向不辨地狼狈窜逃，便会有一种痛快的刺激感传遍全身。在这个凡事好奇的年龄里，别人的伤痛，是掠过身畔一股无关痛痒的轻风，纵使他人的伤痛是因为自己主动挑衅而导致的，他的心湖也不会泛起任何涟漪。

到了二十余岁，在小径上无意间碰触到那牵牵绊绊的蜘蛛网，看到洁白的上衣或洁净的裤子这里那里纠缠不清地沾着灰灰黑黑的蜘蛛网丝，只觉邋遢、只觉生气。这个年龄，正站在人生美丽的起点，眼里看到的，仅仅是远方那发光发亮的大目标；别人的不幸，他无暇顾及；他最大的期盼是一路顺风地向上攀爬，他最大的忌讳是被路上不明不白的石头绊住脚步。

年届三十，匆匆赶路而踏烂一张或多张蜘蛛网，他只风淡云轻地随手挥挥、弹弹、拍拍，蛛丝网迹便消失无踪了。衣裤不沾污痕，心湖也不留黑影。在凡事顺遂的旺盛壮年，他天不怕、地不怕，反正条条大路通罗马；得罪

清风
徐来
在门外挂串风铃，叮叮咚咚

了人嘛，心中根本无须负疚，反正柳暗花明又一村嘛；他一心只想把天空开拓得更辽阔，把生活弄得更缤纷。

到了四十岁，不小心撞坏了一张编织得好像八卦阵一样的蜘蛛网，看到蜘蛛跌跌撞撞地逃，不安的阴影会像鬼魅一样笼罩心中。他会这样想：啊，这是不祥之兆吗？这个年龄，大局已定，人也开始相信命运和命理了。行事会尽量小心，避免误伤无辜；看到别人的歹运，又会患得患失地认为那是为自己而敲的警钟。

年过半百，心境却又豁然开朗了。那是完完全全不同的一个境界。在路上不疾不徐地走着时，倘若大意地弄坏了一张蜘蛛网，会心怀歉意向蜘蛛虔诚地道歉。既然已知天命，当然也就知道了蜘蛛勤勤勉勉地编织一张大网为的正是稻粱谋，在经历了半世辛酸苦辣人情冷暖之后，对于蜘蛛的心情，自然也就能够感同身受了。这是一种美丽的觉悟，但是，为什么这种觉悟竟来得这么迟呢？

现在，年届耳顺的这位朋友，常常牵着他小孙子的手，到附近的公园去散步。看到蜘蛛网，便和孙子一起蹲下来，细细地看。看蜘蛛如何利用肛门尖端的突起部分泌黏液，再看黏液慢慢地在空气中渐渐地凝成细丝。

当蜘蛛把网织好之后，他便会对他亲爱的孙子说道：

"宝贝，记得，永远、永远不要把蜘蛛网捣坏，因为你摧毁的，不是蜘蛛的一张网，而是蜘蛛的一个家。"

把一份温柔提早放进孩子的心，当他走在人生的道路上时，便不会忘记，时时停下脚步，关心别人的伤痛。

杯子与水

生活，是杯中的水。甜酸苦辣，各有滋味。在人生的道路上，一边慢慢地行走，一边细细地品尝，就算是淡，也足堪回味。

偕同家人到新达城一家日本餐馆去，点了一瓶日本清酒。餐馆老板有个别出心裁的做法，他让侍役把多个造型不同的酒杯放在一个大托盘里，让众人选择。大家的手都不约而同地伸向了那些好看的杯子，手脚不够快的，便嘟嘟囔囔地埋怨。

眼前这有趣的一幕，使我蓦然忆起最近听来的一则故事。

一组学生同去拜会一名大学教授，起初大家叙谈甚欢，然而，谈着谈着，学生们的话题便转向了投诉与埋怨，他们投诉的是生活的压力、埋怨的是功课的负荷。

这时，睿智的教授不动声色地从厨房里取出了许多个杯子，其中有陶质的、有瓷质的、有木质的、有玻璃的，也有塑胶的。

教授嘱学生自己取杯子倒水来喝。杯子被取得七七八八之后，托盘上只剩下一些粗陋不堪的杯子。

教授这时别有深意地微笑着说："你们瞧，所有细致、古朴、玲珑、美丽的杯子都被拿走了；剩下的，全是让人瞧不上眼的塑胶杯。现在，我想问的是，你们选杯子的目的是什么？"

学生们异口同声地说："喝水呀！"

教授好整以暇地答："既然是喝水，那么，为什么你们那么在意盛水的器皿呢？随手拿一个不就可以了吗？为什么还要刻意选好的、选美的、选精致的？"

学生们被问得哑口无言。

这时，教授正色说道：

"主副不分而又什么都想一手抓的心态，正是造成压力的主因。喝的是水，你们却执意要选美的杯子，甚至在选不上好的杯子时，心生怨意。"

在学生一片静默中，教授继续说道：

"这就和生活一样，生活就是水，而名誉与地位，仅仅只是盛水的杯子罢了。如果我们把所有的注意力放在杯子上，那么，我们将没有余暇和心情来品尝和享受杯中水的美好滋味。"

呵，真是掷地有声的话！

这一番话，有多个不同的层次，值得我们细细、深深、慢慢、长长地咀嚼。

在我们这个急功近利的社会里，许多时候，大家都难以免俗地流于形式主义，为求快速成为众人瞩目的焦点，便有人走哗众取宠的路线，专在杯子的形状、色泽、质地、设计上猛下功夫，原是重点的杯中水，反而变成了次要的元素。

最为遗憾的一个事实是，当许多人都习惯地把注意力放在杯子上时，杯子的重要性，也就不切实际而又不符实情地被突显了。

更为糟糕的一种情况是，被打造得精精致致、漂漂亮亮的杯子，就像是穿上了新衣的皇帝，众人叫好之声不绝于耳，却没有人注意到杯中的水其实是混浊不堪的。

另外一种事实是，有些人，明明知道杯子里盛着的是能让他延年益寿的琼浆玉液，可是，他无心品尝，因为他正倾尽全力、用尽心思、耗尽精力去铸造杯子，造了一个又一个，在众人的喝彩声中晕头转向地自我陶醉。也许，有一天，当他大限之日到来时，他依然还不知道杯中琼浆玉液真正的滋味是怎么样的！

生活，是杯中的水。甜酸苦辣，各有滋味。在人生的道路上，一边慢慢地行走，一边细细地品尝，就算是淡，也足堪回味。

清风
徐来
在门外挂串风铃，叮叮咚咚

一位成天把快乐做成花串缀在心上的好友，在今年六月突遇骤变，一场毫无征兆却又来势汹汹的病，把她推进了黑暗的深渊。进行了极端危险的脑部开刀手术后，缠绵病榻数周，终于渡过难关，安然出院。

然而，她一贯喜爱的生活方式自此却起了一百八十度的转变。她再也无法像过去一样随心所欲地到处旅行，甚至，连她最喜欢的教学工作也必须辞去。

这位婚姻幸福而经济宽裕的好友，因为生活方式的巨大改变而患上了可怕的失眠症，她双眉紧蹙、余悸犹存地说：

"一闭上双眼，在医院全身插满管子的可怕状况便化成了纠缠不清的魅影，挥之不去……"

失眠，将她亮丽飞扬的神采化成了眼皮底下的两袋沉重；失眠，吞噬了她一串串像风铃一般极具感染力的笑声。明明已病愈，但快乐却像浮在水面上的东西，越漂越远……她想要抓，却总抓不着。

她被一种实际上并不存在的恐惧紧紧地攫着。

看着她无可奈何的消沉，我心中有火灼般的焦虑，然而，更多的是想让她重新振作的关怀与希冀。

记得过去在杂志里曾读过一则报道，有位

心理学家，做了一项饶具意义的实验：他找来一批实验者，要求他们在某个星期天的晚上，把未来七天所设想的所有烦恼事，一项一项写下来，然后，把纸条投入一个密封的箱子里。到了第四周，他在实验者面前开启这个箱子，逐一核对每项"烦恼"，结果发现其中有九成让他们惊扰不安的烦恼事并未真正发生，只有一成是可能或已经发生的。更值得深思的是，在事过境迁后，重新审视这些烦恼，发现它们根本就不值一哂；换言之，当事人很多时候是杞人忧天的。

根据统计，一般人心中的忧虑有 40％ 是属于过去的，有 50％ 是属于未来的，只有 10％ 是属于现在的；而 92％ 使人忧虑的事从来没有发生过，剩下的 8％ 则是一般人能够轻易应付的。

上述的实验与统计结果对于许多人来说，相信就是一项很好的心理治疗。

著名的新闻工作者吴小莉有一回接受记者访问时，发表了独特的"快乐论"。她忆述道：

"初中时，一位老师对我说了一番话，让我刻骨铭心，一生受用不尽。她说，世上只有两种人能快乐生活：一种是低智商的人，他们不懂什么是不快乐，所以能够拥有单纯的快乐；另一种是有智慧的人，他们能用智慧帮助自己寻找快乐。她告诉我，如果你天生不是低智商的人，便要做有智慧的人，学习快乐。"

最近，与南洋初级学院院长郭毓川先生论及人生时，他一针见血地指出，一般人不快乐，只因为他们把人生不必要地"复杂化"了。其实，**美丽的人生，就是简化的人生**。

他言简意赅地说：

"我们每天所面对的，只有三件事。那就是自己的事、别人的事、老天爷的事。把自己的事做好，别管他人的事，也不要担心老天爷的事，那不是很好吗？"

很短的一番话，但却充满了极耐咀嚼的哲理。

别人的事和老天爷的事都是在我们能力管辖范围之外的，既然无法管、管不了，还愁干啥？

管好自己的事，过好每一个属于自己的日子。

看春天枝头新冒绿意固然欢喜，看秋天枫叶转色也是另一种欢喜。人到中年，在经历过大酸大甜大辣大苦之后，最好的一个味道就是淡。清水那若有若无的甜味、白粥那含蓄内蕴的米香，就是不着痕迹的精彩。

殊途同归

在一个聚餐会上，远亲珊蒂带来了她刚学走路的女儿。

长得好似洋娃娃，一步一跌，满头一圈一圈软绵绵的鬈发一晃一晃的，煞是可爱。

珊蒂在女儿后面，一步一步地跟，一声一声地喊累。

在喊累的这一刻，她根本没有想到，母女俩能够步伐一致地朝着同一个方向走，实际上是一种很圆、很满、很大的幸福。

这个时期，女儿唯母亲马首是瞻，母亲是她的天、她的地、她的一切。她不会置疑、不会反抗，她全心全意地模仿、百分之百地服从。母亲的脚跟着她走，她的心跟着母亲走；母亲说一，她不会说二。

她驯良如绵羊、可爱如天使。

身为母亲的，心里充满了甜蜜的矛盾，一方面希望她一分一分、一寸一寸慢慢慢慢地成长，好充分地享受她成长期间各种逗人的憨态与童趣；另一方面，却又希望她一尺一尺、一丈一丈快快地成长，长成个明白事理的好姑娘，好让母女并肩而坐，掏心地说着悄悄话。

欢喜也好，担忧也罢，孩子"我行我素"地长着、长着，终于，来到了一个成长过程无法避免的分岔路口。

在分岔路口处，孩子会在一连串的摩擦和冲突中继续挣扎着成长，母亲呢，则得在一连串的摩擦和冲突中寻求适应，为自我的角色寻找新的定位。

这是一个双方都极感痛苦的时期——母亲明明白白地看到孩子可能因犯错而跌跤、因跌跤而受苦，所以，想为她放个安全的垫子，可是，她却嫌母亲多事、怨母亲剥夺她的自由，因而刻意把垫子抽掉、丢掉；母亲当然生气，比生气更甚的，是担心。于是，便与孩子没完没了地掀起了无休无止的大战和小战。至为矛盾的是：战火的起因是爱，双方却又被这熊熊燃烧着的战火烧得遍体鳞伤、雪雪呼痛。

尽管母亲在前方出尽九牛二虎之力拉孩子，可是，叛逆的孩子却总有办法挣脱母亲的手，自行开路，就算另一条路满是荆棘、满是尖石，就算她会被荆棘刺得鲜血淋漓或被石头绊得一跌再跌，然而，只要她能享有"不被母亲牵着鼻子走"的自由，纵使吃再多的苦，她也心甘情愿。

双方在不同的道路上走啊走的，走了一长段路后，却在另一个新的路口不期而然地相遇，孩子这才恍然发现：自己绕道走了那么一大段冤枉路，原来与父母的人生道路是殊途同归的！

这时，双方在对视的目光里，便找到了过去不曾有的谅解与理解、宽容与包容。

事实上，孩子在成长期间的叛逆，就像麻疹和水痘，到了时间，便会蓬蓬勃勃、兴兴旺旺地发作，压也压不了、挡也挡不住。

由它去。

在跌跤中成长的孩子，懂得在摔倒后迅速爬起来，抹干眼泪、拭去鲜血，寻找新的方向。

永远有着保护垫的孩子，不知道疼痛的滋味；有一天，当守护天使不在时，只要跌一跤，便永远站不起来了。

这么说来，母女俩能在不同的方向走，对母亲而言，实际上也是一种很圆、很满、很大的幸福。

此刻，听到亦步亦趋地跟在女儿后面的珊蒂抱怨道："哟，累死啦！"

那声音，竟满满地蕴含着笑意……

《相约在星期二》一书里，身罹重症的教授莫里告诉作者米奇：他来世想做一头羚羊——一头能在一望无际的沙漠里跳来跃去的羚羊。说这话时，莫里裹着袜子的脚正僵直地搁在海绵橡胶垫子上，不能动弹，犹如戴着脚镣的囚犯。

读着读着，父亲的面庞，忽然清晰浮现。

前些日子，记者为了记述父亲往日英勇的抗日事迹而访问他。忆及当年为了逃避日军的搜捕而攀山越岭地寻找隐匿的藏身处时，父亲突然万分惆怅地说道：

"曾经多回梦见自己矫健如鹿地在深山野岭中奔跑跳跃，醒来时面对着的，却是自己无力的双脚……"

言下不胜唏嘘。

说这话的父亲，精神矍铄，但却因年纪老迈而双足乏力，心不甘情不愿地被囿于呆板的轮椅中。

啊，老教授想做羚羊、老爸爸想做鹿，只因为它们的脚有力、有劲，能跑、能跳。然而，许多双腿健壮的人，却在偶尔碰上了生命的风暴时，无法借助双腿的力道重新站起来。他们一蹶不振，在心理上把自己的双脚硬生生地拗断、砍掉！

第二篇

在门外挂串风铃

ZAI
MENWAI
GUA
CHUAN
FENGLING

风铃

许多人对于我长年长日都能保持心境的愉快觉得迷惑不解。问起时，我总简简单单地说道：

"心中、脑中没有阴影，生活里自然也不会有阴影。"

对于我来说，整个人生，实际上就是一场又一场有趣的游戏。求学、恋爱、工作、旅行、写作，通通通通全都是游戏。不论参与的是什么游戏，我都抱着"三全主义"——"全心投入、全神贯注、全力以赴"，为的呵，仅仅仅仅是替每一场游戏画上一个个圆满美丽的句号。

玩游戏，有个基本规则：赢了不能得意忘形，输了不得抢天呼地。最最关键的是：一进入游戏，便必须快乐而尽兴地享受游戏所带来的新奇感、刺激感、满足感，不要老是患得患失地把整颗心挂在游戏的结果上，否则，惶惑、担心、紧张，坐立不安、辗转难眠，就完全失去玩游戏的意义了。游戏行家当懂得"拿得起，放得下"的道理，留得青山在，不怕没柴烧嘛！

结交朋友，实际上也是游戏。如果感觉良好，便快快乐乐地让那场游戏恒远持续；如果感觉不佳，也就痛痛快快地让它终止吧！人生苦短，完全没有必要勉强自己去玩那"对人微笑背人骂"的虚假把戏，太累了呀！有些人，明明不想不要不愿再持续某份情缘或是友谊，却担心舆论不利于形象，只好违背自己意愿，苦苦支撑——啊，住的明明是岌岌可危的楼房，却在众人面前竭尽心力地把它粉饰为豪宅华屋，那种心力交瘁的感觉，足以让人把每一天都当成一种无形的磨难，短短的一生，竟莫名其妙地而又毫无价值地活在别人阴暗的影子内，可悲、可叹、可悯。

求学呢，当然也是游戏。由未知至略知到已知至熟知到运用自如，整个过程，是一场美丽得令人心折的游戏。平时，快乐地享受整个学习的过程，考试时，便倾尽全力地应付它，鳌头独占固然令人雀跃，名落孙山便另寻出路，反正行行出状元，条条大路通罗马，有时，塞翁失马，焉知非福。成功有成功的滋味，失败有失败的启示，人生往往失之东隅而收之桑榆。只要曾经尽力，便问心无愧。

有人说得好："对于悲观者来说，当机会来敲门时，他反而觉得敲门声是噪音。"然而，**乐观者如我，当然会把每一响敲门声当成美妙至极的天籁；倘若没有人来敲门呢，我便自个儿在门外挂串风铃，在徐来的清风里，自娱。**

还原

忍一忍风平浪静，退一步海阔天空。

朋友谈她心路历程的转变。

"过去，人敬我一尺，我回敬三丈；但是，对方如果踩我一脚，我一定会飞踢回去，毫不犹豫、绝不留情。"

静静流走的岁月，带走了她的煞气和锐气，磨平了她的棱角与尖角，她以平静如湖的心境淡淡地说道："现在呢，别人踩到我，如果不是很痛的话，我会侧一侧身子，轻轻地闪过去，便算了事。"

说着，她露出了一个美丽的微笑："实际上，去恨别人，也需要动用真力气的。"

真是智者之言。

是的，闪一闪，只要轻轻地闪一闪，便能闪去了接踵而来的无数刀光剑影，也闪去了自己也许难以承受的心理负荷，而且，他日山水相逢时，彼此都能有个转圜的余地。

切莫相信"有仇不报非君子""君子报仇，十年不晚"这些充满了火药气息的古训，"以牙还牙、以眼还眼"的结果，往往是两败俱伤。

忍一忍风平浪静，退一步海阔天空。

当然，在学会"忍、退、闪"这三招时，我们也必须勤练护身的武功，当你一忍再忍、一退再退、一闪再闪时，别人却把你看成是藏头缩尾的窝囊废而恣意妄为，这时，你便该让宝剑出鞘了！

清风

徐来

在门外挂串风铃 叮叮咚咚

这一招，有个美丽的名堂：还原记。

在宝剑如虹的气势里，他人眼中的病猫，遂还原为一啸而撼山林的虎。

秘密

其实，许多人不知道，当有事情发生时，彻底将他们出卖的，是他们自己本身的日记！

闲来无事，读报上为人解疑释惑的信箱来函，或听广播电台为人开解心结的节目，十分惊讶写信者与拨电者那种全无保留的坦白；明明知道读报纸的、听广播的人不计其数，这个心有千千结的人仍然毫不避忌地把心底那惨不忍睹的秘密公之于世。

与几位好友讨论这个现象，有人认为这是一个寂寞的时代，人人抢着说话，却没有人肯耐心聆听他人的"苦难"，那些"有难"者，只好以匿名的方式寻求发泄的管道；有人则指出：不管一切地向他人出示身上鲜血淋漓的伤痕，有助于减轻内心的痛苦；我个人则觉得：把秘密向大众传播媒介笔述或是口诉，主要是找不到可以全然信赖的人——有时，向所谓的好友揭示了内心黑暗的秘密，他日却不幸成了对方用以对付自己的极具杀伤力的"武器"——常常碰到的一种情形是：当你本着信任而将心中的秘密源源道出时，对方是一头驯良的猫；可是，有一天，双方的利益起了冲突，那猫，便会成了张牙舞爪的虎，你曾说过的秘密，便成了藏在爪里的剧毒，只要沾上一点点，便能让你死无葬身之地；古龙的名言"你最好的朋友也就是你最大的敌人"，说的正是这个道理。

然而，有时，心里确实有一些"见不得光"的痛苦，像是寒光闪闪的玻璃，不说出去，整颗心，都会被割得支离破碎。怎么办呢？在电影《花样年华》中，由梁朝伟饰演的男主角曾说道一番饶具兴味的话：以前，有些人，不想让别人知道心中的秘密，但又难以憋住不说，他们便会到深山野岭去找一棵树，在树上挖个洞，对着树洞尽情把秘密说出来，然后，再以泥巴封洞，这样一来，秘密便会永远留在洞里了。嘿，这确是保密妙策！

多年前，读过张爱玲一则极耐咀嚼的超短小品，过目难忘。在作战期间，一名将军晋见普鲁士国王腓特烈大帝，问他用的是什么策略。国王问："你能保守秘密吗？"他指天誓日："我能够，沉默得像坟墓，像鱼，像深海的鱼。"国王淡淡应道："我也能够。"小品文在此悠然地画上了一个韵味无穷的句号。

现在，每每有朋友对我说："喂，告诉你一则秘密……"我便会立刻悄悄地凝神运功，将自己转化为一道墙。墙，无窗、无门、无缝、无洞，点滴不漏，而这道"化墙功"，也在无形中将我带离了许多是非的旋涡……

其实，许多人不知道，当有事情发生时，彻底将他们出卖的，是他们自己本身的日记！

众生皆有烦恼。

那一天，很多人不约而同地把心中的烦恼灌进我双耳。学生、同事、亲戚、朋友。长辈、幼辈；男的、女的；都有。这些烦恼，好像是心房里的毒菌，阴阴滋长，悄悄茁壮，将原本活跃于他们体内的快乐因子残酷地吞噬了。当他们皱着眉、苦着脸向我倾诉时，过去曾经读过的一则真人逸事，却悄悄地浮上了心头。

有人问英国首相丘吉尔对烦恼的看法，丘吉尔幽默地回答道：

"如果我碰上烦恼时，我就会想起一个老人在临终时说的一段话，他说他大半辈子都活在烦恼中，可是大部分烦恼的事却从来没有发生过。"

"烦恼的事从来没有发生过"但却"大半辈子都活在烦恼中"的这个人，倒并不一定是杞人忧天的。

把各人心中的烦恼摊开来，摆在亮丽的阳光下曝晒，便会发现一个共同点，烦恼之所以会产生，全因放不开。

放不开，又分两个层面。一种是放不开自己，另一种是放不开别人。

说说一则中国古代的故事：

两名和尚在返回寺庙的途中，发现一名颇具姿色的妇女站在河边，这名妇人和这两名和尚一样，都想渡河，可是，河水实在太深了，她不敢涉水而过。后来，甲和尚当机立断，决定背这名妇人过河，但乙和尚却觉得十分羞辱，十分烦恼。安全地渡过了河之后，他以极端严厉的口气谴责同伴不守佛门清规，甲和尚但听不语。可是，乙和尚一连唠叨了两个小时还不肯罢休，他反反复复地说道："你忘了自己是出家人吗？怎么可以接触女人的身体？更叫人难以置信的是：你竟然背她过河！难道你不怕别人非议这事？你不知道自己让佛门蒙羞吗？"甲和尚很有耐心地接受一轮又一轮冗长的训话、一波又一波严峻的指责，直到最后，他才神情平静而语气平和地应道："师弟，我早就把她放下了，你为什么还把她背在心上呢？"

你为什么还把她背在心上呢？——寥寥一句话，真有醍醐灌顶之效。

是啊是啊，不管心里有什么包袱，也不管那包袱里面装的是什么，我们都应该学会放开、放下——放开自己的、放下别人的。

当然，**最高境界是：根本不放在心上。**

幽默

有时，会碰到这样的场面：甲得意洋洋地说了个"笑话"，众人笑声才一爆出，乙便怫然变色，拂袖而去。甲尴尬万分地为自己解围："开玩笑而已，他却这么小气！"问题是：自认幽默的甲把自己的快乐建在别人的痛苦上，抓住乙的弱点而肤浅地加以揶揄嘲笑，个性内向的乙忍受不了而又无法反击，只能生气地一走了之。然而，这些错误地将挖苦当成幽默的人棋逢敌手时，往往便自取其辱。

说说两则有趣的真实故事。

有个年轻人看见丹麦童话家安徒生戴着一顶破旧的帽子在街上走，笑嘻嘻地说："你脑袋上面的那个玩意儿是什么？能算一顶帽子吗？"生活俭朴的安徒生不慌不忙地答道："你帽子下方的那个玩意儿是什么？能算是一个脑袋吗？"

再说说萧伯纳的逸事。由他剧本改编的一出戏剧首演时引起轰动，他给剧中的女主角发去一则电报："精彩之致，绝妙已极。"受宠若惊的女演员立即复电："您太过奖了。"萧伯纳再次去电，尖锐地幽她一默："对不起，我指的是剧本。"女演员不甘示弱，努力还击，复电："我指的也是。"这是"剃人头者人亦剃其头"的典型例子。

实际上，幽默，既能体现个人如阳光般的魅力，也能充当人际关系里的润滑剂；当它成功地把众人的笑声带出来时，他也同时缔造了一个健康的生活环境，因为发笑可被视为一种"静态的慢跑"，它可以缓和身体的紧张，让心、肺和肌肉都得到运动，同时也增强身心的免疫力。最最重要的是：幽默可以帮助我们很好地治疗心理的创伤和化解人生的困境。

以苏格拉底为例：他的夫人是"恶名昭彰"的河东之狮，所以，当他告诉学生"和谐的婚姻能够带来圆满的人生"时，学生怀疑地反问："万一将来的妻子像师母一样，怎么办呢？"苏格拉底微笑地应："那你就有希望成为一位哲学家了。"

一个懂得自嘲的人，也同时是一名富于勇气和自信的智者；然而，在生活紧张的现代社会里，人人都争着以挖苦别人来掩盖自己的自卑心态和心理伤痕；"自嘲"这门艺术已渐成绝响。

在现实生活里，许多身居高位者，往往不苟言笑，日理万机而脸如凝霜，人未走近，却已寒气扑面来。其实，他们忘了，没有群众的支持，高处不胜寒。然而，一位懂得将幽默的元素注入管理方针者，却能产生巨大的亲和力，一呼百应，天时地利人和，事事顺遂。

从深层意义来说，幽默，是一种对待人生的积极态度。在顺境时，幽默的智者把娱人的笑声化成瑰丽的鲜花，张三的屋子挂一串，李四的住宅吊两串，醉人的馨香，处处飘送；逢及逆境，他便以自嘲的方式为自己打造一把坚实牢固的雨伞，挡风、遮雨；尽管伞外的世界暴雨成灾，伞内的他，恒远长晴。

这件事，发生于马来西亚的槟城。

一名鲁莽的汽车司机，在三岔路口违例 U 转时，将一对共乘电单车的小情侣撞死。

司机在丧礼上三跪九磕，祈求原谅。

悲恸欲绝的父亲愤然说道：

"我失去的是我最疼爱的女儿，你下跪又怎样？能挽回我女儿的性命吗？"

说毕，难抑丧女之刻骨悲痛，举手捆打跪在眼前的人；之后，老泪纵横，双唇颤抖地说：

"我实在无法原谅你。我只希望你能汲取这次痛苦的教训，铭记终生。"

呵，不肯原谅，却又苦口婆心。

那名肇祸司机所得到的教训，是牺牲了两条宝贵的性命得来的，人生的这一堂课，未免太鲜血淋漓、太惨无人道了。

读着这催人泪下的新闻时，一则鲜明的寓言突然清晰地闪进了脑子里。这则寓言，是先驱初级学院的郭毓川院长最近告诉全校学生的。

有一天，住在丛林里的狮子、狐狸和驴子三者结伴去打猎。经过一整天营营碌碌的奔波辛劳之后，大有斩获。回返大本营时，驴子将猎物平均地分成三份，狮子一看，大为不满，怒吼着说："我付出最多的劳力，你却做出如此不公平的分配，真该死！"喊毕，气势汹汹地扑过去，狠狠地咬毙那头不识时务的驴子。接着，轮到狐狸作分配了，只见它不慌不忙地将所有的猎物堆在一起，毕恭毕敬地对狮子说道："这些猎物，全归属您所有。"

驴子付出了自己的性命作为吸取教训的代价。教训在垂死的挣扎中虽已深刻铭记，但是，当生命归于零时，一切的教训，都是枉然的。狐狸不同，它精，它锐，它冰雪聪明，是个识时务的豪杰，它从别人的身上汲取教训，让自己恒远当个潇洒的局外者。

郭院长说这则寓言的目的是劝诫学生不要等到留班的噩运降临到自己头上时，才颓然而又愕然地发现：临时抱佛脚的下场是浪费一整年的宝贵光阴而恨恨地重读一年。他劝学生应该从他人的眼泪和痛苦中学习，谨记：当自己成为"受害者"时，跌足追叹、痛哭流涕、悔不当初，通通都无济于事了。

所以嘛，"汲取教训，铭记终生"这一句话，应该改为："**汲取他人的教训，一生一世铭记于心。**"

首饰

　　曾经、曾经呵，我拥有过为数不少的首饰——真金、白银、珍珠、翠玉和各类宝石铸成镶就的项链、手镯、链坠、胸针、戒指，等等等等，除了订婚和结婚时近亲所馈赠的，还有我精心选购的，满满满满地装在一个方形的大盒子里。

　　那时，很年轻，对于这些首饰实际的价值不很在意，仅仅只是将它们当作是配搭衣服的小饰物而已，每天都抱着玩玩的心态交替更换着来戴。为了便于取用，没有上锁，只是将盒子随意地搁在卧房的桌子上。

　　终于，大意失荆州。

　　一日，开盒，惊骇欲绝地发现：满满一盒璀璨发亮的首饰，变魔术似的隐没不见了，只剩下一缕冷冷的空气。隔了许多年，我还清清楚楚地记得当时那种好似有一条阴冷小蛇蓦然钻入了心房的强烈感觉：突兀而又诡谲。对着那个"外强中干"的大盒子，我惨叫出声，接着，扑到电话处，报警。

　　家中佣人是"呼之欲出"的嫌疑犯，可是，警察审问，她抵死不认；搜查住处，却又一无所获。破案遥遥无期，最后，竟然不了了之。

　　当宝物握在掌心里时，没有好好珍惜；一旦失去，那种痛，贯彻心肺。几天几夜，难吃难眠。每一件首饰闪出的亮光里，都黏附着亲人无比细腻的爱心，因此，对我而言，每一件首饰，都是无价之宝啊！

痛定思痛，从此，只买、只戴异国异域的手工艺品。这些手制的项链、胸针、手镯、链坠，其实并不是一件件浮华肤浅的外在饰物，每每一把它们挂在颈项上、别在胸襟上，它们便以充满了感情的声音，向我诉说发生在一个个遥远国度的故事……

那条以彩珠系着铜质飞鹰的古雅项链，是秘鲁高原一个初婚的印第安少妇在市集兜售的——夫君狩猎未归，她把寸寸尺尺的思念全雕在那只尽展雄姿、翱翔高空的飞鹰上，绵绵相思无绝期呵！那条颗粒玲珑的玉石珠链，是缅甸一名由山区被卖到市区的童工串成的，每一颗玉石，都湿湿地裹在绿色的泪光里……还有，肯尼亚的兽骨项链、罗马尼亚的栎木珠链、匈牙利的水晶胸针、巴西的矿石手镯，等等等等，全都晃动着耐人咀嚼、让人回味的笑声泪影。

每回戴上这些内涵丰富的饰物，我便快乐无比地感觉：我是个精神世界极端富足的人！

最后的念头

无憾地死，生命的句号，才算是圆的、满的。

在杂志上读及一则奇特的讯息。

美国一位律师克里姆，三十岁那一年乘搭飞机遇上气流，上下摇摆险象环生时，他忽然心生惊悸，百念丛生：如果他就这样走了，他的狗谁来喂？还有，双亲知道他爱他们吗？后来，他平安回返家门，便辞去了律师的工作，开创了一家别开生面的网络服务公司，号称"最后的念头"（Final Thoughts），推出了"遗言电子邮件服务"——客户生前先选好一名亲朋好友当"守护天使"，由他在第一时间里将客户去世的消息通知该公司，该公司便立刻发出预存的遗言电子邮件，使客户在逝世后犹能向所有亲友发送告别语，免得一些来不及说的话从此遗憾地被带进坟墓去。迄今，已有来自八十余个国家的一万两千多人订购了这项独一无二的服务。该文的撰稿员指出："这些人的平均年龄是三十七岁，处于人生的壮年，却就已感受到了这个需要，可说是生命态度上的大转变。"

尽管这项异想天开的遗言电子邮件服务备受欢迎，然而，我个人却觉得利用这项服务的人，生前并没有妥善地把属于他个人的"人生课业"做好，所以，只好在死后由他人来代劳。

人，只能活一次，而这一次，就只有短短数十寒暑，因此，我们必须充分利用降生于世这个千载难逢的机会，痛快淋漓地活出自己的风采、活出自己的个性，将一个真实的我活灵活现地演绎出来。不要藏头缩尾，不要自我压抑，该说的话、想说的话、渴望说的话，应该尽量说，赶快说，寻找机会来说；倘若活着时不想说、没胆说，死了才来说又有屁用！徒增伤感而已！就以上述公司的创办人克里姆为例，在飞机上，他误以为自己将死的那一刻，脑子浮起的念头居然是："双亲知道我爱他们吗？"嘿，真够荒谬！爱，不是空口说白话，那是一种无言的承诺、无悔的承担、无怨的承受、无私的承欢。倘若孝思在、孝念存，爸爸妈妈每分每秒都能感受到孩子的爱；如果一个人必须在魂归天国之后才通过冷冰冰的遗言电子邮件服务来让双亲知道他爱他们，那么，容我大胆地作一个假设：他生前也许爱他们不够，所以，才有必要在死后通过这种类似脱裤放屁的示爱方式来弥补这个永远的缺憾！

实际上，真正幸福的人，是那些认认真真而又快快乐乐地过完一生的人，他也许长寿，也许短命，但是，在活着时，每一天该说的话，该做的事，他都说了、做了，他死而无憾。

无憾地死，生命的句号，才算是圆的、满的。

丢失了灵魂

根据台湾《讲义》杂志记载：美国著名心理学家理察·卡森（Richard Carlson）于去年初到台湾访问，发现台湾和美国一样，绝大多数人被生活中许多小事搞得精神紧张，每个人都嚷着"我好忙，我好忙"。可是，当他与宗教禅师圣严法师会晤时，却极端诧异地听到圣严法师好整以暇地说道："生活中没有小事，也没有大事，根本就没有事。"圣严法师心存欢喜的从容自在，让理察·卡森十分钦佩，他表示："圣严法师是我来台湾后第一次碰到说自己没事，实际上却最忙的人。"理察·卡森将这次和圣严法师的交流视为美丽的经验。他说，在美国，很多人对他能将复杂的事情简单化，觉得不可思议，但与圣严法师一席谈，他才发觉自己太复杂，师父比他简单得多了。

实际上，理察·卡森谈的，是一个"世界性"的问题。许许多多的人，活得就像个陀螺一样，旋旋旋、转转转，晕头转向、疲惫不堪，但却不能明确地知道自己为了什么终日忙个不休，结果呢，愈忙愈累，愈累愈忙，几近自虐，原本该是生活的主人，却不幸反过来被生活操纵支配了。或者，有些人，蝇营狗苟地追名逐利，终日处心积虑地谋划算计，当然也就忙个没日没夜了。

就我认为：圣严法师之所以日理万机而依然闲适自在，主要是因为他以平常心看待日常生活里的一切大小事务，而最为关键的一个要点是：他心中全无名利之欲；打个简单的比方：他是个潇洒的旅者，日日走在路上，但却不把目光定定地放在终点上，沿途风景，处处独特处处美，且走、且看，无限感动在心头。心中有画，处处是画，千山万水走尽，往往便是令人向往的世外桃源；退一步来说，就算山路尽头无桃源，却也不曾辜负一路上的好山好水好风光。

转述最近读及的一则极耐咀嚼的小故事：

一位来自美国的考古学家约翰对印第安文化至感兴趣，嘱两名印第安人陪伴他到高山区人烟罕至的地方寻访有关遗迹。他匆匆赶路，两位印第安人气喘吁吁地跟在后头，赶呀赶的，突然，他们的脚步由快而慢、由慢而停，最后，神色凄惶地蹲了下来，再也不肯走半步了。约翰又急又气地追问缘由，他们异口同声地说道："走得实在太急了，灵魂丢失了，我们必须在这儿等。"

试问：那些丢失了灵魂而照旧赶路赶得昏天暗地的人，和行尸走肉又有什么两样呢？

落在人间的阳光

当舞台的聚光灯一打在她脸上，我便大大地愣住了。这一生，曾见过无数的笑脸，释然的、欣慰的、快乐的，甚至，狂喜的；然而，笑得如许灿烂如许真诚如许亮丽如此魅力四射的，却绝对罕见。她像是上天不小心落在人间的一束阳光，万丈金光照得人目眩神迷。当她引吭高歌时，那浑厚嘹亮而沉实有力的嗓子，具有非凡的感染力、穿透力、创造力，宛若高山奔流而下的瀑布、大漠卷起的清凉巨风，使人在振奋之余，激发出无限的生命活力。

她，是莲娜·玛莉亚，一位诞生于瑞典的生活战士。

当晚，在新加坡博览中心听过了她动人心弦的"生命关怀"演唱会，回家后，一口气读完她的自传《用脚飞翔的女孩》，在书里，找到了一个比天使更圣洁的心灵、一颗比金子还珍贵的心。

莲娜·玛莉亚出生时，没有双臂，左脚只有右脚的一半长度。医务人员向她父母建议将重度残障的她交给福利机构抚养，然而，这一对爱心满溢的夫妇却毅然决定将她留在身边悉心照顾。父母鼓励她学习新的事物，培养她正确的处世态度，刻意不让残障成为培养她独立能力的绊脚石；比如说，在她很小时，有一次摔倒在地上，大哭着要母亲扶她起来，母亲却不肯，只对她说："如果你爬到围墙边，靠着围墙，就可以自己站起来。"这样的教养方式，形成了她坚强独立、不畏困难、勇于尝试的个性；而瑞典这优雅社会给予她的种种宽容与方便、富于温情的社群赋予她的种种机会和良缘，也造就了她乐观开朗、积极进取的精神。成长之后，她离家独立生活，被分配到一所并不特别适合残障人士的公寓，她说："对于移动有困难的人来说，残障设施是必需的，但我宁可要一间普通的公寓，我希望我时时都可以适应别人的要求，而不是由别人来顺应我的要求。"

正因为具有这种健全的心态，她以令人咋舌的惊人毅力，练就了天下无敌的"一脚神功"——她以脚烹饪、缝纫、刺绣、游泳、弹琴、驾车；后来，更以天赋的美妙歌喉加上后天不懈的苦练，毕业于斯德哥尔摩音乐大学，之后，远至美国，学习黑人的灵魂音乐，从而发展出自己独具一格的歌艺，风靡各界。

她另一个触动人心的特质是幽默与自嘲。不管境况多糟糕，她都能化苦为乐。有一回，摔了一跤，摔得极重，救护车以闪电般的速度将她送院急救，她居然说道："虽然疼痛难熬，不过，能坐着救护车在路上奔驰飞飚，感觉真棒！"她又说，"没有手和手臂，有一个好处，就是绝对不会把戒指或手套弄丢。"由于她把幽默制成药丸长期服用，所以，整个人展现出一种有如阳光般灿烂的魅力。

吃饼的植物

受邀到朋友的家，朋友热忱好客，殷殷劝食，大鱼大肉堆得满盘满碗，还猛夹猛加，人人被过量的食物撑得肚子滚圆、双目暴突，恨不得把一只手伸进胃囊里，将那好似永远也消化不完的食物一把一把地掏出来、掏出来。

餐后，主人居然还端出一大盘豆沙烙饼，每个圆圆的饼面上，都浇了一圈白白的糖霜。甲推辞，乙婉拒，丙说不，丁摇头。好客成性的主人巴不得能以橇子撬开客人的嘴巴，她急急地说："昨天烙了整个下午呢！"说着，硬硬把盛着烙饼的小碟子塞到客人手里，说："吃吧，吃吧，给点面子啦！"

噫，不吃便是不给面子。

"帽子"当头扣下，众人勉强应酬，吃得既难过又难受。唯有丁，不愿委屈自己，把饼捏在掌心里，偏又找不到垃圾桶，后来，看到窗台上有棵植物，趁众人不备，以手中茶匙快速扒开盆中泥土，埋饼于内。"那棵小植物也许会因此而患上糖尿病呢！"她促狭地想，不过，为免因拒食而得罪主人，也只好出此下策了。

热忱好客，原是一等一的美事，然而，强人所难，却会弄巧成拙，智者不为。狗儿急了，尚且会跳墙，更何况是人呢？再说，"上有政策，下有对策"，政策是明的，对策是暗的，谁才是最后的吃亏者，不言而喻。

洞察民情，放宽政策，让人人量力而为、尽力而做，上上下下各得其所，主人宾客俱欢颜。

钟

我平时是个分秒必争的人，所以，对于各式台钟、挂钟、闹钟，情有独钟。人在旅途，有钟便看，爱上便买；多年以来，搜集了不计其数的大钟、小钟，有奇巧玲珑的、有古朴典雅的、有端庄秀丽的，也有新颖独特的；环肥燕瘦，爱不释手。有一回，记者上门访问，看到满屋满墙满桌大小奇钟，蔚为奇观，叹为观止。

钟，大多数是靠电池发动的，买来的钟太多了，整天为了更换电池而烦心操心，换着换着，便懈怠了，于是，大部分美丽的闹钟和挂钟在电池用罄之后，便沦为华而不实的装饰品了。

最近，搬家。搬家之后，闹钟和挂钟，各安其位，为了给新的屋子带来生气与活力，我决定大刀阔斧地为所有的大小闹钟换上新的电池；然而，被打入冷宫多时的闹钟，蒙尘纳垢，奄奄一息，百般摆弄，也返魂乏术，仔细拆看，才发现时钟内部已是锈渍斑斑了。

士为知己者死，自古已然；相反的，那些遇不到伯乐而没有用武之地的英雄，或淡泊名利地退隐江湖、或抑悒难平地虚度一生。遭受最大损失的，其实不是英雄本身，而是那些任性妄为地糟蹋英才的主子。

朋友房门不慎反锁，请素不相识的铸锁匠上门。不消三两下子，锁匠便把锁头弄开了，之后，一脸凝重地对朋友说道：

"你家大门，装的是廉价的锁，很不安全，应该换掉。"

由于他开锁收费比市价略低，开锁手法又干练利落，完全取得了朋友的信任，朋友立刻应允，让他把大门上完好无损的锁头换掉。

换好之后，他索价三百大元，声明分文不减。

朋友吃惊、吃痛，可是，米已成炊，反对无效。

开锁匠信誓旦旦地表示：这是锁头里的上品、精品，装上了它，可以夜夜高枕无忧。

想到破财挡灾，朋友忍痛掏钱。

后来，友辈当中有精于此道者，一看那锁，便哑然失笑：

"根本就是普普通通的门锁嘛，最多只值五六十元！说是精品、上品，纯然无稽！再退一步来说，如果有人存心入门偷窃，再好的锁也挡不住他！"

朋友这才知道：那天，请那没有职业道德的开锁匠上门来，根本就是开门揖盗！

锁

甲虫

永远不要把不发威的老虎当成是病猫。

在万籁俱寂的时分，倚枕夜读。突然，一只很大的甲虫"噗"的一声掉进了我正读得入神的书页里。厚厚的硬壳，深深的褐色，像一名披了盔甲的战士。我默默地注视着它，发现它硬壳中间有个不寻常的小黑点，圆圆的，微微地闪着油油的亮光，好似背上多生了一颗小眼珠。我轻轻地拿起了它，踅到窗口，放在窗台处。房间狭小，甲虫当能在外面辽阔无边的天地里找到快活的安身处。悠然地回返那充满书香的世界，然而，才一会儿，又一只甲虫掉到我颈项里，厚厚硬硬的壳、细细尖尖的脚，弄得我十分不舒服。以手指拈起了它，拿到眼前一看：它硬壳中间有个不寻常的小黑点，圆圆的，微微地闪着油油的亮光，好似背上多生了一颗小眼珠——嘿，又是同一只甲虫。再次受到骚扰，觉得很不惬意，不过，还是耐着性子，以双指夹着它，把它放到离我更远的另一个窗棂子上。之后，再度醉倒于书乡里。过了约莫一盏茶工夫，手臂上毛毛躁躁的，有东西在爬动。手指一抓一放，掌心里，多了一只小东西，一看，它硬壳中间有个不寻常的小黑点，圆圆的，微微地闪着油油的亮光，好似背上多生了一颗小眼珠！哟，又是那只可恶的甲虫！我有限的耐性，已被磨损殆尽，拿着它，放进抽水马桶里，哗啦啦一阵水花翻涌，甲虫霎时消失无踪。

永远不要把不发威的老虎当成是病猫。

白蚁的贪婪和阴险，已经到了令人发指的地步。不论是硬的、软的，它都一视同仁地当成是猎物，而且，专从内部下手，一头钻进里面，就把它当成大本营，招兵买马，成群结队，狠狠地、暗暗地、绝绝地啃、吃、蛀，表面上看上去风平浪静、毫无异状，实际上，里面已被蛀得七零八落，惨不忍睹。我有一部厚达七百多页的精装书，便被啃啮得惨剩一张七彩的硬皮。

一日，唱机播出激荡人心的黑人音乐，儿子兴起，将我厨房一张桌子当成锣鼓，大力猛击。万万没有想到，手起手落，那张木质坚硬的桌子应声下陷，出现了一个状至骇人的大窟窿，我趋前验视，这才发现：桌子内部已被那些千刀杀的白蚁蛀得全无内容了。第一个感觉是生气，第二个感觉依然是生气——不是气白蚁，而是气儿子。骂他多手、骂他不该把桌子当锣鼓。他纳闷而又不解，反问我："桌子是白蚁蛀坏的，不是我打坏的，为什么你迁怒于我呢？"我说："你不打那桌子，又怎么会出现这个难看的大洞呢？"他更是不解了，说道："我只不过是提前让你知道真相而已，你又何必大动肝火呢！"一语惊醒梦中人，忽然了解自己原来也患上了一般人的通病：粉饰太平、掩耳盗铃；内部已经糜烂得一塌糊涂，不肯对症下药，偏偏自欺欺人地希望能够维持表面完美的假象！

歌者

没有那么大的头，千万不要戴那么大的帽。帽下风光，绝不可爱，更不美丽。

在一家附设卡拉 OK 的餐馆用餐。

邻座的客人，热爱歌艺，一个接一个轮流着唱；也许平时勤于练唱，人人歌艺不错，男声雄浑、女声柔婉，周遭食客都乐于借出双耳，且食且听。

这时，有人将麦克风交给其中一名男客，要求他唱。他百般推诿，众人纷纷起哄，有人用激将法，有人送高帽，他拗不过，只好大开金口，然而，歌声一出，人人瞠目结舌，实在太难听了，不但五音不全、荒腔走调，而且，嗓音发干枯涩，好似一堆破铜烂铁忽然有了生命而齐齐发出声音来，简直就可说是听觉的高度凌迟。同桌朋友，表情各异：不忍卒听者有之、忍俊不禁者有之、想弃甲而逃者有之。歌者明知自己歌艺不行，偏又不能半途而废，痛苦与尴尬，兼而有之，唱着唱着，脸上五官，全都扭曲了。

强人所难固非君子所为；然而，明知自己不行，却无法坚持立场而推拒到底，结果循众要求而让自己洋相尽出，实非智者所为。**没有那么大的头，千万不要戴那么大的帽。帽下风光，绝不可爱，更不美丽。**

朋友脚踝由隐隐作痛而变为剧痛不已，诊治结果是：运动量太多，伤及脚筋，必须长期进行疗效极慢的物理治疗。

他将医生配给的止痛药丢弃不用，拄着拐杖去上班。

同事当中，有人讥他弃药之举为愚行，有人笑他一步一顿像笨汉。他充耳不闻，天天一拐一拐地来上班，我行我素。

一日，我好奇问他弃药缘由，他淡然笑道：

"药，只能止痛，未能根治，如果服了药而天真地以为情况好转，一如往昔地奔跑跳跃，必然伤上加伤。拄拐杖，当然不便，但是，这样却可以完全避免用及脚力，充分地稳住伤势。"

是是是，目前忍一时之大痛，日后海阔天空任他行。

服止痛药，无异于掩耳盗铃。

不幸的是：现代社会里的许多人，正是以滥服药物的方式来盗取自己的健康。

同样的，许多机构，也正是滥用庸才以破坏自己的体制；当主管被一群只会吹牛拍马的下属哄得眉开眼笑而以为形势一片大好时，组织内部已经分崩离析，时间一到，便坍塌成碎片。

要扭转乾坤，上上之策是：忍一时之痛，

拐杖与止痛药

大愚若智也。

快刀斩乱麻。

最麻烦的是：主管亦是庸才，弃"拐杖"不用而长期服"止痛药"，还沾沾自喜地以为自己是千古难得一见的智者。

大愚若智也。

皮鞋

这鞋子，如同长期被冷落的痴情女子，还有，无用武之地的英雄。损失最大的，其实是那『走宝』的人。

在意大利买了一双上好的皮鞋，尖头、高跟、枣红、亮质，像两丛兴高采烈而又含蓄内敛的火，价值不菲。携带回家后，便珍藏于鞋柜上层里，打算买一袭同色的衣服来配它。

生活重返轨道后，投入了惯性的忙碌中，久而久之，这个"以鞋配衣"的美丽念头，连同这双从未穿过的皮鞋，齐齐被埋葬于记忆中。

时光流转，一晃数年。近日搬家，尘封已久的这双皮鞋重见天日，人鞋相对，恍若隔世。嘿，这鞋，被一见钟情的我收为己有，随我离乡别井，漂洋过海，定居异域，然而，宝刀未使，便已打入冷宫；鞋若有知，当亦恨我。把它平放于地上，穿。然而，脚一入鞋，便大惊、大撼、大惧、大憾。那双原本滑如水而亮如镜的鞋子，竟然莫名所以地龟裂成行，乍一看，好似鞋面上流出了许多道红红的泪水；仔细再看，鞋面上，一块一块的，全是心的碎片哪！

事后得知：纯皮的鞋子，如果常穿、长穿，愈穿愈软、愈软愈耐；此外，它还越穿越舒服、越舒服就越有美感。然而，如果将全新的它束之高阁，它在缺氧的"居住环境"里，将会变得紧、缩、脆、弱、外强中干。等善忘或花心的主人有意将它当作"出土文物"般"宠幸"时，却是大势已去，内伤难愈，往往一触便碎，返魂乏术。

这鞋子，如同长期被冷落的痴情女子，还有，无用武之地的英雄。损失最大的，其实是那"走宝"的人。

尽管家里已有大大小小不计其数的闹钟，可是，看到这个新近面世而具有特殊功能的闹钟，我还是难以抗拒地买下了。

它发出的响声，异常温柔，每隔五分钟，便重复地响一次，如此周而复始地持续响上一个小时，不屈不挠，绝不言累。

原以为备有如此闹钟，万无一失了，没有想到，它的这种特性，反而成了它的"致命伤"——温柔敦厚的响声，根本驱不走朦胧的睡意，而间隔重响的功能，却使人养成了窝囊的依赖性；结果呢，"言者谆谆，听者藐藐"，——它响它的，我睡我的，楚河汉界，各不相犯，迷迷糊糊中听到断断续续的钟响，还以为来自无痕的春梦哪！

有时，看到他人犯错而希望他"悬崖勒马"，百磨不损的耐性和含蓄内蕴的温柔，只是一帖帖无补于事的"药剂"，而对于许多执迷不悟的人来说，耳边重复又重复的劝告，仅仅只是毫无意义的絮聒，唯有给予振聋发聩的当头棒喝，才能狠狠狠狠地把他击醒。可悲的是：对于一些惯犯来说，醒来的那一刹那，往往便是他面对死刑的一刻。

每个为人父母者，都是孩子的闹钟，千万不要做那种"这边猛响、那厢猛睡"的闹钟，孩子若在噩梦里挣扎，一定要以震耳欲聋的钟声把他硬生生地震醒。

醒得越早，错得越少。

买笔的故事

没有赘肉的语言，精瘦、精确、精致、精神。

当记者时，笔是随身工具，不可或缺。

一回，托一位同事为我买原子笔，再三再四地嘱咐他：

"不要买黑色的，记得。我不喜欢黑的，暗暗沉沉，萧萧杀杀。千万别忘记啊，十二支，不要黑的！"

次日，同事将那一打笔交给我，一看，差点昏厥。

十二支，居然全都是黑的、黑的、黑的，无一幸免！

责他、怪他，他振振有词地反驳：

"你一再强调黑的、黑的，我脑子里面，就只有黑色这个词儿，印象太深了，所以，踏进店里，一心一意便去找黑色的来买。"

言之成理，我哑口无言。

当时，我如果言简意赅地说"请为我买十二支笔，全要蓝色的"，相信朋友便不会错买了。

这件趣事，对我而言，是个宝贵的教训。

从此以后，无论说话、撰文，总是直入核心、直切要害，不兜无谓的圈子。

没有赘肉的语言，精瘦、精确、精致、精神。

清风

徐来

在门外挂串风铃，叮叮咚咚

金条

甲和乙为了逃避严苛的暴政，把所有的积蓄变成金条，投奔他国。怒海无情，小舟翻覆，两人齐齐落水。波涛汹涌，形势险恶。甲当机立断，将怀里金条悉数抛掷，负担一去，身轻如燕，敏捷如鱼，最后，终于凭着精湛的泳术，翻波越浪，潜泳上岸。乙呢，在滔滔巨浪里载浮载沉，脑子却还是"清清醒醒"的，他盘算起怀里金条在陌生的国度里所能带来的种种好处与便利，硬是不肯丢弃，结果呢，他的最爱成了他生命里最大的负荷，最后，被它连累，拖着下沉，悲惨万分地溺毙海中。十余年后，不为身外物所拖累拉垮的甲，靠着死拼的苦干精神，东山再起，成了商业巨子；乙呢，一抔黄土魂无踪。

许多人，在人生的道路上起步时，怀里往往都揣着"无形的金条"——求名求利的心越重，他心上的负担也就越沉，这无形的负担，往往就成了他成功路上最大的绊脚石，能够跑抵终点而顺利夺标者，凤毛麟角。

初习学作者处处扬言他要令洛阳纸贵、刚入体坛的健儿时时不忘他要名震四方、甫入商场的才俊频频表示他想平步青云；这些人，心上累赘地挂满了"无形的金条"，才起步，便已大大地输了一筹。成功的目标，也许恒远只是一块块难以充饥的画饼、一颗颗可望不可即的梅子。

磅秤

心中，恒远必须装置一个磅秤，自己有多少斤两，自己知道。不要让外界别有居心的褒贬弄得自己方寸大乱，这对于从事艺术创作的人来说，尤其重要。

站在试衣镜前的那位女士，明显地不年轻。她所试穿的，是一袭淡灰色的短裙，过窄的裙身突显了赘肉过多的肚子、过短的裙子又露出了肥而不白的双腿。长长的落地镜，坦白直率地否定了她；可是，她浑然不觉，一面转左转右地欣赏，一面征求同来女伴的意见："美吗？你觉得美吗？"女伴拼命点头："足足年轻了十年呢，真好看，灰色是今年的流行色哪，这套衣服，穿了，时髦又亮丽，买啦，买啦！"妇人顿时眉开眼笑，欢欢喜喜地买了，和女伴开开心心地离开了。

把这一幕真实闹剧收在眼里的我，上了人生极宝贵的一课。

妇人全然没有自知之明，他人的意见，便成了她的"指南针"。给她意见的人，鉴于自身审美观不强，给了错误的意见；或者，居心叵测，刻意恭维，妇人照单全收，在毫不自觉的情况下，无端端地成了受害者。

心中，恒远必须装置一个磅秤，自己有多少斤两，自己知道。不要让外界别有居心的褒贬弄得自己方寸大乱，这对于从事艺术创作的人来说，尤其重要。

那一株仙人掌，一看便喜欢。

苍郁、苍劲；沉默、沉着。绿掌上的尖刺，是它峋嶙的傲骨。叶缘上的果实，是它璀璨的风情。人间的无情风雨它当磨炼、外界的流言蜚语它当消遣。小小的花盆，锁住了它挺拔的形体，但却囚不住它那颗海阔天空的心。

把它摆在办公室的桌子上。

同事甲一看到，便露出不豫之色，迟疑半晌，终于给我提出了善意的警告：把仙人掌搁在室内，会带来人事的纠纷。绿掌上的尖刺，根根都是武器，伤人，伤己，一无是处，弃之为上策。

甲的警告，在我心叶上搁了一根刺。

少顷，同事乙进来，一看到，便惊呼：好漂亮啊！反复审视，啧啧惊叹。她说：这仙人掌，形体不大，却结出了一球硕大的五彩果实，是"大吉大利"的明证，摆在办事处，适得其所。

乙的赞美，及时拔去我心上那一根刺。

那株仙人掌，冷眼睥睨众生，沉默不语，风情依旧。

香蕉的故事

说这故事的，是我的一位好朋友。

"父亲失业多时，家有断炊之虞。一日，父亲在外奔波，母亲在家伫候。两个弟弟，一个四岁、一个两岁，喝了稀粥，半饿不饱，哭闹半天，勉强入睡了。我呢，六岁，饿得死命用那瘪瘪的肚皮去压那薄薄的床板，越压越饿，满腔都是熊熊的饥火。最要命的是：这时，正是举炊时分，前房人家饭熟菜香，那种飘送过来的浓香，真是对味觉的凌迟。趁着母亲打盹，我开门跑了出去，跑到那儿，掀开门帘的一角，偷觑。他们一家子，吃香喝辣，闹得正欢。我站在那儿，看到那一桌丰盛的饭菜，猛咽口水。不多久，他们便发现了我。平时眼睛长在额角的那个妇人，这一刻，居然动了恻隐之心，动手剥了一条香蕉，递过来给我。哎呀，在那种饥肠辘辘的时刻，这一条黄澄澄的香蕉，对我而言，和一条金光灿烂的黄金并无差别。如获至宝的我，欢天喜地地握着它，跑回房间，唤醒妈妈，想和她分享。然而，当妈妈知道我取得香蕉的整个经过时，脸上却涌起了复杂已极的表情：愤怒、悲怆、难堪、难过，兼而有之。她双唇颤抖，一字一句地说：你，现在，把香蕉送回去，说你已经吃饱了，谢谢他们。才短短几步路，可是，我走得比这一生任何时候都沉重。才寥寥几句话，可是，我说得比这一生任何时候都艰难。我才六岁，然而，妈妈却让我上了这一生受用无穷的一课：肚子可以饿扁，志气不能饿瘪！"

打脚的鞋子

开学，在一群报到的新生当中，我注意到一位女学生眼皮子反常地浮肿，肿胀处红红的，好似戴了一个怪异的眼罩。趋前，关心地探问，万万没有想到，她竟一脸不耐，粗声粗气地答道："敏感啦！"说完，掉头便走。对于她这种毫无礼貌的反应，与其说我生气，不如说我纳闷。

不久，她在呈交上来的日记里吐露心声：

"由于对某种迄今还查不出来的食物敏感，我两边的眼皮，肿得好像塞进了两粒彩色气球，已经两年多了，医生束手无策，我难过死了，偏偏许多好事之徒一看到我便问东问西，把我看成一个怪胎，有时，我真难堪得想扯对方的头发！"

看到这样的文字，我摇头叹息，这个女孩子，也真太不懂事了，怎么竟会将别人的关心看作是"好管闲事"呢？

我觉得她不但眼皮敏感，连心也敏感。

这事发生了几个月后，我在烹饪时，不慎烫伤了手臂，留下了一个颇大的疤痕，椭圆形，棕红色，狰狞而又可厌。旧雨新知，无不殷殷探询，开始时，我总是耐心地解释、解释、再解释，然而，渐渐地，不行了，同样的话，讲了又讲、说了又说，一日数回，着实厌得嘴巴抽筋。后来，索性在手臂处贴了一块胶布，有人关心探问时，我便笑眯眯地说："我昨天去输血啦！"对方骇然惊问："怎么竟会在手臂上这个部位抽血呢？"我又微笑应道，"这就叫作不同凡响嘛！"对方的迷惑是我的娱乐。想起那位女学生，对她两年来所受的委屈感同身受。

总得穿穿别人的鞋子，才知道那鞋子打不打脚呀！

记在心上

红山小贩中心有摊卖海鲜的，生意极好。那天中午，足足等了半个小时，还不见食物端上来，忍不住前去提醒。那位摊主，尽管忙得不可开交，还是抽空抬起头来，温和淡定地看着我说：

"你刚才叫的是豆腐鱼片汤，我已记在心上了。"

我已记在心上了。

啊，真是叫人耳目一新的话。

这话，令人安心、使人放心。

虽然客似云来，可是，每一位顾客在他心目中都占着同样的比重，他把他们的话都"记在心上"了，像履行一份份重要的合约一样，他依循先到先得的次序，按部就班地把食物端上。

这，便是他成功的最大秘诀了。

有些人，对别人的事，漫不经心；做过的承诺，转瞬即忘；唯一放在心上的，是他自己的事，还有，别人对他的应承；渐渐地，失去友谊、失去信任，而他，在失意沮丧之余，却还不忘忿忿然地诘问：

"为什么他们都不把我的话放在心上？为什么？为什么啊！"

龙尾草

同事送我一株龙尾草，这叶呈锯形一如龙尾的植物，熬成水喝，具有清凉祛毒的功能。由于龙尾草是攀爬性的植物，所以，我将它种在园圃的围墙旁边。围墙极高，小小的龙尾草看起来弱不禁风，特别渺小。啊，究竟什么时候才盼得它枝茂叶盛、与墙齐高呢？我有无言的焦灼。

次日，把这感受告诉同事，他云淡风轻地说：

"你不刻意看它、不特意想它，它自然便会长高、长大了。"

这话，一说便说到了心坎里去了。

宋人之所以揠苗助长，就是因为他急于有成，如果不刻意看它每天长了几公分而仅仅按照自然的规律来浇水施肥照顾它、不刻意想它而仅仅让它以自己的速度和方式舒适自在地成长，那么，当栽种者快乐地享受着耕耘的乐趣时，日益茁壮的秧苗也会"知恩感报"地绽放出满园油绿的亮泽。

莳花栽树，不能刻意求成，世间万事，莫不如此。

欲速则不达。

写作、恋爱、创业，全都一样。

与其分分秒秒患得患失地守候着成果，倒不如放松心情，好好地享受整个成事的过程。瓜熟蒂落，水到渠成，急也没用。成熟的爬山者，一边攀爬奇山异峰，一边欣赏周遭千娇百媚的风景，爬至山顶时，他已完成了一回怡情养性的旅行；急功近利的爬山者，只将注意的焦点集中在山巅之上，等他千辛万苦地爬到了山峰之上，他看到的，就只有自己插在山顶上那一面寂寞的旗帜。

清风

徐来

在门外挂串风铃，叮叮咚咚

黑与白

家里电器多，有不同的插头，有的是黑色的，有的是白色的。

有一天，无意中在一个双插头的电座上看到一个有趣的现象：黑色的那个插头，一如既往地黑得讳莫如深；白色的插头却因长年蒙上油垢灰尘而变成了不复辨认的灰色。

用除污粉将白色插头狠狠地拭擦一番，它才恢复了洁白的本貌。这时，也顺手擦擦那个黑色的插头，一拭才发现，它邋遢的程度，绝对不亚于白插头，然而，暗不见底的黑色却成了它避人眼目的"保护色"，同时也变成了它的"障眼术"。

由此，我不由得想起了现实里一则有趣的小故事。

有位在商场初展拳脚的朋友，想找个可靠的年轻助手。几轮面试、几番淘汰后，剩下了两位学历符合标准而表面条件又不相上下的。

朋友分别约她们喝下午茶，与她们天南地北地闲聊，双方谈得投契而心不设防时，朋友便装作漫不经心地问了一个问题，她们的答案，就决定了她们受聘与否的"命运"。

朋友问的是："我待会儿想去买套沙发，你觉得深色好呢，还是浅色好？"

甲不假思索地说："我比较喜欢深色。"

朋友闲闲地问："为什么呀？"

甲飞快地答道："脏了，不容易看得出

啊！不然，整天要清洗，多麻烦！"

针对同一问题，乙的回答是："我爱浅色，比较素淡。"

朋友试探地说："浅色易脏，要常常清洗，多费劲啊！"

乙笑道："其实，这也正是浅色沙发的优点啊，脏了便抹，我便能确保我天天坐着的是洁净的沙发；如果买黑色的沙发，脏得一塌糊涂却以为它洁新如故，不是自欺欺人吗？"

朋友理所当然地聘请了乙。

我问朋友，如果当时甲的回答是"我喜欢深色，因为它庄重大方"，那么，她又如何决定取舍呢？朋友笑道："我便会继续问她：脏了怎么办？如果她说：我会时时拭擦，确保它黑而不脏；那么，这场不为人知的幕后较量，便算扯平了。"

当然，朋友接着会以其他问题出击，从而探索她们的心理状况、了解她们的内在性格。她微笑地说："我有 101 个测试心理的问题呢！"

其实，说穿了，每一个人或多或少都有几分演戏的细胞，而我们往往都会在一些重要人物面前警觉性地包装自己，尽量扬长避短；然而，狐狸再狡猾，却还是掩藏不了自己的尾巴，同样的，把自己掩饰得很好的人，却往往会被一些极微极小的细节所出卖。

在一般正式的面试里，应征者有备而来，往往都会应付得不错。朋友淡然笑道："在这种场合里，我只是让申请者相互比较演技的高低而已。如果一个人连人生这一场重要的戏也无法演好，更遑论其他的表现了！"

在当前竞争剧烈的社会里，IQ（智商）已不是事业取得成功的唯一因素了，更为重要的是 EQ（人际关系）和 AQ（A 指的是Adversity，即应付逆境的能力）；而 EQ 及 AQ 往往又是和个人的性格有着密切关系的。

现实生活不像舞台的角色一样，大黑大白，泾渭分明；善于观人者，不会迷惑或满足于表面完美的演技，只有不动声色地在细节上攻其不备，才不会被假象所欺瞒或蒙蔽。

在晚宴上，认识一位年过八旬的长者。声如洪钟，红光满面。问他保健之道，他言简意赅地说："无压当能长寿。"他曾任要职，何能无压？他淡然道出"八字要诀"："尽力而为，随遇而安。"

谋事在人，成事在天；全力以赴，是成是败，不必挂怀。心无重担，活上百岁，不是问题。如果将心房当作储藏室，把林林总总不在控制范围内的忧虑累累赘赘地挂满于内，那么，不必多久，便会垮掉了。就他认为，解压之道就在"双放"而已。

所谓的"双放"是：**尽了全力之后，放心、放下。**

智者所言极是。

最近，一位朋友的遭遇，正好从反面印证了他这一番话。

这位朋友，经过了好几年艰苦的奋斗，终于如愿以偿地爬到了她一心渴求的高位。

高居要位，颐指气使，呼风唤雨，人人唯唯诺诺，俯首听命。正春风得意之际，焦虑症却出其不意地大举进攻，她失眠、头痛、心悸、食欲不振。寻医、服药，毫无起色，且还日益恶化，终于，进了医院。

我去探望她，她无神无气地靠在床上，整张脸都罩在一种阴森的绿色里，好似一张刚完成的画作不小心掉进了水里，颜彩溢了出来，惨惨地漫到脸上去，有让人不忍卒睹的凄惶。

高处不胜寒。

她就像是站在钢索中央的人，岌岌可危。强烈的不安、巨大的恐惧，化成了密密的网，罩在她身上，而她，就是一尾缺水的鱼，兀自在网中作徒劳无功的挣扎。

与她剥茧抽丝地谈，终于发现了她的病源在于"双手抓得太紧"——既不放心，更无法放下。

她什么都要。

高位、权力、名誉、实利，样样都抓。

工作对于她，已变成了名与利的工具，她方向明确，一心一意，心无旁骛，只求往前冲、冲、冲。冲到终点，原该庆贺，她却患得患失，老怕已抓在手中的一切会从指隙间溜走；她不但担心他人的觊觎、还担心别人的恶评，担心这、担心那，终于，精神承受不了，崩溃了。

我坐在病榻旁，将听来的一则故事与她分享。

有个腰缠万贯的人听说深山有长生不老药，便独自上山去采。经过悬崖绝壁时，失足跌落。他惊慌失措，双手死命在空中乱抓，很幸运地，刚好抓住了崖壁上一株枯树的老枝，勉强保住了性命，可是，整个人却在半空中晃荡晃荡地摇来摆去，上下不得。就在进退维谷的当儿，忽然看到慈悲为怀的佛陀正稳稳地站在悬崖上。富人高声求救："佛陀，求您，求求您，救救我！"佛陀平静地说道："要我救你很容易，但是，有个条件。"富人急急问道："什么条件？"佛陀说："你一定要照我的话去做，我才有办法救你。"富人点头如捣蒜，说："您说，您快说吧，不论您要我做什么，我都一定会照做的！"这时，慈和的佛陀缓缓地说道："好吧，既然这样，请你把攀住树枝的手放下！"富人一听，非但没有照做，反而把树枝抓得更紧了，他凄凄惶惶地想道："一放手，我必然掉落到万丈深渊去，跌得粉身碎骨，哪里还可能保住性命？"佛陀等了一会儿，看到他始终执迷不悟地紧抓树枝不放，只好静静地离去了。

说完故事，我也站起来告辞了。

清风

徐来

在门外挂串风铃，叮叮咚咚

冰雕有旷世之美。

冰块冷而硬，有宁死不屈的傲骨。是冰雕师傅那种化腐朽为神奇的意愿和铁杵磨成针的诚意感动了它，于是，它宽容而又包容地任他为所欲为。

冰雕师傅放入了心思和构思、投入了爱心与耐心，一下一下地凿、一点一点地雕。冰块刁钻，它溜滑、它易碎，然而，师傅化身为移山的愚公，不屈不挠，终于，冰块模糊的面目逐渐清晰、隐蔽的个性逐渐突显，它变魔术也似的化成一个个眉目分明的人、一座座别具风格的建筑、一只只栩栩如生的动物，此外，许许多多大家耳熟能详的人物，也神气活现地从历史、从神话、从寓言里走了出来。

在中国、在瑞士、在日本，每回看冰雕，总啧啧惊叹。

啊，那么传神、那么生动；那么细致、那么精美。

大的冰雕，雄浑巍峨，气势磅礴。小的冰雕，玲珑剔透，美不胜收。

冰块的冷，全然没有了，取而代之的，是艳，是一种让人心旌动荡的艳。冰块的硬，全然消失了，取代它的，是柔，是一种任君使唤的柔。师傅点石成金，使原本"麻木不仁"的冰块有了表情，有了感情；有了生气，有了生命。

然而，看冰雕，我总在击节叹赏之余，倍感惆怅。

千辛万苦，雕它成材，竟然只"活"上一个短短的冬天。大兴土木，却转瞬成空。既然生命短若朝露，值得为它如此耗神费力吗？

"值得，当然值得！"一名冰雕师傅毫不犹豫地应道："将冷硬如石的冰块雕出活泼的生命，本身就是一种难得的挑战。"

问题是：书籍和字画，都具有永恒的生命，冰雕呢，生命如昙花，一切的努力都在短短一季过后付诸东流，而且，痕迹不留。这样的艺术未免也太空、太虚了吧？

对此，冰雕师傅淡淡应道："曾经存在，就是永恒。"

最近，一位深谙哲学的朋友谈起冰雕，有着截然不同的看法，他认为冰雕师傅其实是在实践一种"放下"的哲学。放下，是人生一种美丽的境界，唯有懂得在适当的时机里放下曾经有过的风光和辉煌、懂得在应该放手的时候完完全全地放下手中的一切，才能活出一种意境高远的淡泊。**淡泊，不是退隐淡出的消极，而是洞悉世情的豁达；而放下，既不是忘记，更不是放弃。**人生，唯有不停地创造、放下；放下、再创造，才能攀登一个又一个高峰，也才能顺心合意地活出自己的精彩。

一名冰雕师傅双目晶晶发亮地对我说道：

"每一回，当完成了的冰雕在灯光底下折射出一种炫人的缤纷色素、散发出一种迷人的斑斓光彩，我都会为那惊世骇俗的美而震撼！"

正是这种对美的追求，使他在从事冰雕工作长达二十余年而仍然满腔热忱。对他而言，每一年的冬天，都有一份全新的挑战在静静地等待着他！

台湾著名艺人裘海正最初由体坛转向歌坛发展时，觉得自己和演艺圈格格不入。她在忆述时指出：让她最感难堪的，是必须"奉令撒谎"。

她对记者说道：

"记得我刚出道时是二十岁，但唱片公司希望我说十九岁，我很难接受，谎报这一岁做什么呢？差一岁，就必须把生肖等整个都改了，说一个谎后要用一百个谎来圆，我很不喜欢这样。"

呵，"说一个谎后要用一百个谎来圆"，这句话可一针见血地点出了撒谎的后遗症。

撒谎，实际上可说是成长过程的一部分。就算是最为正直的人，也难免会有童年撒谎的记录。原因很简单：有些成年人以撒谎来满足自己可怜的虚荣心，大部分儿童却把谎言当作能让他暂时脱离险境的"保护色"，然而，只在自以为安全的地方小小地喘了一口气，麻烦便接踵而来了，收拾残局的感觉，很像以前我在游乐场玩过的一种游戏：游戏机上有许多圆圆的大窟窿，参与游戏者手执长长的棒子，鬼头从哪个窟窿冒出来便朝哪儿打，结果呢，这边刚打，那边又冒；那儿击了，这儿又来；没完没了，累不堪言。埋葬了一个事实，需要以另外一百个谎言来陪葬，心理负担像是一道难以摆脱的枷锁，虽然是无形的，但却沉重得叫人负荷不了，而这，便是撒谎者得面对的最大惩罚了。

　　然而，话说回来，肯花心机去圆谎的人，毕竟还算是有自尊心的人。最糟的一种情况是：久入鲍鱼之肆而不觉其臭，撒谎者长年长日活在自己无止无尽的谎言里，诚心诚意地相信了自己的谎言，愈说愈起劲，愈起劲愈没谱，整个心园长满了罂粟花，偏偏振振有词地说那是郁金香，尽管他人将他口里流出来的每一句话看成是一文不值的玻璃球，他却自我欺瞒地以为那是闪亮的水晶球，甚至，当他指鹿为马时，他居然真的相信他所指的就是马。

　　世间有两种人，却比上述的撒谎者更不堪。

　　一种是分不清鱼目和珍珠的上司，把下属恶毒的谎言当情报，弄得整个机构风声鹤唳，草木皆兵。这种情形，各行各业、各个机构，处处都有。

　　一种是别有居心的下属，刻意以美丽的谎言让自我感觉良好的上司天天穿着皇帝的新衣出巡民间，为他制造出一个又一个宛如泡沫般瑰丽璀璨的假象；上面歌功颂德之声不绝于耳，底下形势一片大坏。这种情形，政坛最惯见。读古今中外许多历史纪实作品，类似的例子，屡见不鲜，层出不穷。

　　撒谎，或是习惯，或是手段。

　　如果那习惯是童年养成的，父母该负最大的责任。然而，如果有人在成长后将撒谎当成达到目的的卑劣手段，那么，我们需要的是勇除三害的周处。

读到一则有趣的寓言。

蝎子想过河，但它不会游泳，就请求青蛙驮它。青蛙一开始不答应，因为怕蝎子蜇它。但是蝎子反问道："如果我这样做，大家不是会同归于尽吗？"青蛙认为有道理，就爽爽快快地背着蝎子过河去。万万没有想到，才游到河中央，青蛙就觉得背上给蝎子狠狠狠狠地蜇了一下，它痛不可当，结果呢，双双都沉到河底了。青蛙在沉下之前，不甘心地对着蝎子大叫："为什么你要这么做？"蝎子回答："没办法，因为我是蝎子。"

这则寓言背后的涵义是：江山易改，本性难移。

和一位思维敏锐的朋友谈起这则寓言，他笑道："青蛙笨，蝎子蠢，两者是绝配。"

他进一步分析道：利益当头，性命攸关，本性绝对是可以暂时加以压抑的。毒而不精的蝎子，没有顺应环境自我控制、没有认清目标做出调整，最后，赔上性命，咎由自取。至于青蛙呢，完全不懂得害人之心不可有，防人之心不可无的古训，明知蝎子有剧毒，却依然懵懵然轻信其言，最后，赔上性命，怨不得人。

笨蛙和蠢蝎，半斤八两，同是"弱势子民"。

人生，有着大大小小许多战役，知己知彼，百战百胜。

笨蛙与蠢蝎

人生，有着大大小小许多战役，知己知彼，百战百胜。

蝎子连自己的本性都控制不了，何能言胜？青蛙呢，知己不知彼，自然败得一塌糊涂了！

　　朋友接着把这寓言引申到现实的例子里，他滔滔不绝地说道：

　　"我们的社会，到处都是睁眼不见陷阱的青蛙，所以才会有那么多可笑又可气的真实故事一而再、再而三地发生。你看看，一颗一无是处的小石头，被吹嘘为可治百病的魔石，明明是不堪一击的谎言嘛，居然可以让许许多多老人好像扑火的灯蛾一样，前仆后继，上当了一次又一次！"

　　更荒谬的是：有人拨电给老叟或老妪，诳称中国的亲戚病重，要求老叟或老妪将数千元现钞用报纸包了，丢进楼下的垃圾桶里。老叟和老妪不见其面，只闻其声，竟然便好像中邪一般，言听计从，照做如仪。多年积蓄，就在这种愚不可及的盲目信任下，化为虚无缥缈的烟雾。

　　他人有难，拔刀相助，当然是值得鼓励、值得喝彩的义行，可是，没有查究真相便贸贸然地伸出援手，那种善良，等同"愚善"，不但帮不了人，还会连累自己。

　　青蛙在驮着蝎子过河的时候，如果能穿上一件"百毒不侵"的盔甲，在帮它的同时也防它，就算后来发现"善无善报"，也不会祸延自身而沉尸河底呀！

　　善良，也需要动用智慧的。

最近，家里添置了一台复印机，一直无灾无难地操作良好。

年尾，在阴沉潮湿的雨季里我外出旅行，两周后，回返新加坡。

重新启用复印机时，让我吃惊而又不解的是：复印出来的文件，居然是模模糊糊、朦朦胧胧的，像那种睡不安稳时所做的梦。

安排技工到家里来进行修理。

他手势纯熟地用螺丝起子旋开机器的盖子，东看西看、左看右看、上看下看、内看外看，每个零件都仔仔细细地检查过了，奇怪的是：一切的一切，都完好无损，然而，复印出来的文件，却老是模糊不清的。这时，汗珠慢慢地沁出了他宽宽的额头，他下意识地抬起手臂，把汗珠拭去，喃喃地说："麻烦，真麻烦，以前从没碰过像这样的情况！"小心翼翼地重又检查了一遍，咦，的的确确没问题呀，内部的零件，该有的都有，不该坏的都没坏。

他束手无策地看着我，我一筹莫展地回看他。

不得已，他拨电到总公司"求救"，对方在电话里如此这般地教了他一些修理秘诀，他放下电话，一一照做如仪，可是，复印机硬是不肯听话，得意扬扬而又无比顽强地以同样的毛病一再向他的技术和耐心发出持久性的挑战。

他再三再四地拨电讨教，一试再试，三试四试，复印文件依然故我地模糊如昔。

汗珠沿着他白白的脸颊流了下来，他又急躁又气馁，频频说道："棘手，真棘手！"

黔驴技穷之际，他的手提电话响了，总公司来了新的指示。他边听边点头，一收线，便急急地对我说道：

"纸！给我一沓全新的复印纸！"

他以这沓新的白纸替换了原本搁在复印机内的，说也奇怪，纸一更换，毛病立刻消失无踪，复印出来的文件，每一个字都清晰得好像是以上好油墨写上去的。

如释重负的技工向一脸茫然的我解释道：

"十二月是雨季，气候潮湿，纸张搁在外面，内部受潮，复印出来时，字迹自然也就模糊不清了。"

我拿着那一沓"内部受潮"可是表面上看起来却比阳光还要干燥的纸，心里百感交集。

复印文件出了大问题，故障居然不在主机而在配件，这是任谁都没有想到的。可是，正是这种众人皆有的盲点，使我们在某些事情出了差错而追究责任时，往往不自觉地误伤忠良而让元凶逍遥法外！实际上，作奸犯科的人，往往貌似无辜。**以貌取人，那貌，便是一个无形的陷阱。**

清风
徐来
在门外挂串风铃，叮叮咚咚

这一个交缠着惊恐与尴尬的奇特经验，恐怕是我毕生都难以忘怀的。

我一向怕爬虫类，小的时候，住在怡保，曾经看过邻居抓蜥蜴(俗称四脚蛇)，两三尺长，青绿色的，细小鳞片遍布全身，尾巴又细又长，据说它的尾巴会在迷惑敌害时自行断掉，多么惨烈的行为。我站在一边看，连头发都长满了鸡皮疙瘩。晚上，邻居端来了一大碗热气腾腾的汤，说是用四脚蛇配药材炖成的，我闻着，只想呕吐，可是，我的饕餮爸爸却喝得津津有味，脸卜还露出了醺醺然的表情，说那汤简直就是琼浆玉液哪！

隔了好多好多年，才又再次见到蜥蜴。

它就趴在我家后园的矮墙上，一副阴险诡谲的鬼样子。那天，阳光猖獗，它身上黑色直纹清晰可见，像一只"彩妆"小鳄鱼。我失态地狂喊一声，它快速遁逃，隐没丛林。

以后，好几次见到神出鬼没的它，但构不成大威胁，我也就没放在心上。

万万没有想到，昨天傍晚，这鬼东西，居然胆大包天，侵入屋内！

日胜出差国外，我独自一人在书房里写稿，突然听到轰然一声巨响，好似屋内有东西坍塌了，冲出房外一看，哎哟，天花板边缘的雕花不知怎的竟然崩裂下坠，把落地长灯也打坏了，满地惨不忍睹的碎片。正懊恼间，突然听到沙发后面传来窸窸窣窣的声音，我从狭小的缝隙望进去，这一看，一颗心立刻像浸了水的海绵，快速膨胀，溢至喉咙，我连声音都发不出来了。

蜥蜴！很大很大的一只，黑黑的，动也不动地躺在那儿。

我扑到电话前面，以慌乱的手指拨了"防止虐待动物协会"（SPCA）的电话，对方说："蜥蜴？我们没管这一码事。你找消灭有害动物处（Pest Control）吧！"我找了，但是，对方说："蜥蜴？这不是我们管的，你拨999报警吧？"报警抓蜥蜴？心里觉得有点怪，可是，病急乱投医，现在，也只有死马当活马医了，我就不管三七二十一地拨了警署的电话，嘿，没有想到这一招居然管用！对方问清楚我的地址后，便嘱我联系乌鲁班丹警署。知道屋里爬进了蜥蜴，值班警员立刻很有礼貌地说："我们马上派人来。"

我如临大敌，捻亮全屋灯火，打开大门，还取出了相机，准备把警员大战蜥蜴的精彩过程拍摄下来。

不久，两名精壮的警员便带了有钩的长棍和大大的袋子上门来了。第一句话便问："蜥蜴有多大？"我想起了常在后园出没的那一只，便说："有三尺来长吧！"他们说："哇，挺大的。"知道蜥蜴躲在沙发后面，其中一名警员小心翼翼地趴在地上，屏气凝神地从缝隙中望进去。然而，看了好一会儿，他却嘟嘟囔囔地说道："好像不是蜥蜴呢！"我战战兢兢地从缝隙中望进去，适逢那条蜥蜴动了一下，我便喊了起来："在动哪，蜥蜴在动哪！"警员继续观察，之后，确定地说："不是，不是蜥蜴！"难道说，是别的怪物吗？我头皮发麻，手心冒汗。这时，警员站了起来，把原本靠墙的沙发大力拉开，原本准备随时夺门而逃的我，乍然看到沙发后面的东西，脸红耳赤，实在痛恨自己过去没有好好修练

清风
徐来
在门外挂串风铃，叮叮咚咚

"遁地功"！

那是好大好大的几束斑兰叶，在地面上排成一道直线，长长的叶子已经干了，转成了暗沉的褐绿色，有一只肥大的壁虎这时从叶子堆里爬了出来，快速溜走。（事后得知，斑兰叶是佣人放置在那儿，借以杜绝蟑螂的。）

疑心生暗鬼，这鬼，把一个人的理智全都吞噬了！

我再三再四地道歉，服务态度极好的警员不但不以为忤，反而安慰我："没事就好，没事就好！"给他们送上冰冻的矿泉水，他们客气婉拒，只说："小心门户啊！"

看着扬长而去的警车，在尴尬至死的同时，我心里也涌满了幸福的感觉。

我所居住的这个国家，会设法为国民摒挡一切危险。

鸭俐俐和兔宝宝

其一：鸭俐俐。

作家虎威不吃鸭肉。

不吃，是因为发生于六岁的那一桩事伤了他的心。

他的母亲（作家思静）从牛车水菜市买了雏鸭来养。在那一群雏鸭当中，虎威发现其中有一只通谙人性，老爱在他脚边打转，虎威因此给它取名"鸭俐俐"。而每回当他喊"鸭俐俐"时，这只可爱的小鸭子便会一摇一摆地迎向他，鸭俐俐因此成了他童年最佳的玩伴，快乐时找它消遣、不快乐时找它消愁。虎威幽默地说："鸭俐俐是我在人生道路上所结交的第一个好朋友呢！"

岁月流走无声，虎威和鸭俐俐一起快乐地成长；鸭俐俐的"嘎嘎嘎"是虎威悦耳的童谣，鸭俐俐的憨态是虎威的解忧剂。

然而，有一天傍晚，当他一蹦一跳地从外面回返家门时，迎接他的，不是"嘎嘎嘎"的鸭俐俐，不是胖嘟嘟的鸭俐俐。

不是。

鸭俐俐已经永远地沉默了，鸭俐俐已经永远不能走路了。

它变成了桌子上一盘香气扑鼻的卤鸭肉。

虎威从此变成了一个不吃鸭肉的人。

隔了许多年的今日，当思静女士提及此事时，还是无法掩饰心中的懊恼，她说：

"当时，买雏鸭来养，只是为了要让家人吃得好一点，我怎么想到孩子会把雏鸭当宠物，又怎么想到那盘鸭肉会伤了孩子的心呢？"

一位慈母无意中以她的爱伤了孩子的爱。

然而，伤痕里，满满地盛载着的，都是爱。

那是母亲对孩子绵长细腻的爱，孩子对宠物温柔忠诚的爱。

其二：兔宝宝。

昨天，露丝拨电给我，探问：

"你可有什么朋友要养兔宝宝？"

我一听，心便咯噔一下，直直直直地往下坠，问：

"是凯凯的兔子吗？"

露丝以无奈却又无比包容的口气应道：

"是啦！凯凯起初当它是宝贝，最近这几周，瞧也不瞧一眼，昨天还说，妈妈，你就随便帮我处理掉它啦！"说着，干笑了一声："没办法，小孩子总是这样的，贪新厌旧！"

我听了，默默生气。

兔宝宝买回来还不足半年，便要弃养！

那个阴雨绵绵的下午，还是我陪着他们母子俩四处奔波，不啻拱璧地把兔宝宝捧回家的。

七岁的凯凯，是个小小的唯美主义者，挑选兔子时，毛发稀薄者不要、双耳过短者不要、眼大无神者不要、毛色不纯者不要，不要、不要、不要；终于让他看上的那只兔子，毛发茂密蓬松、双耳丰满肥厚、双眸圆大灵活、毛色纯白发亮。提着装了完美兔宝宝的那只笼子回家时，凯凯的那种雀跃那种欢欣，像植物碰到阳光。

我说："凯凯，你给兔子取个名字啊！"他不假思索地说："就叫兔凯凯。"啊，他心中的爱，简直已经泛滥成江、成河、成湖、成汪洋大海了，居然连自己的名字也奉献了。对孩子一向千依百顺的露丝，不要孩子与小动物同名，赶快开口："不可以，如果兔子也叫凯凯，以后，妈妈喊凯凯的时候，该谁应呢？"凯凯"咭咭咕咕"地笑了起来。露丝说："不然，就叫兔宝宝啦，容易记，又好听！"

露丝给孩子买的，是一件玩具，而不是一个生命。他要养，她顺他；他要弃，她也顺他。当时，她兴许知道，这兔子，必然养不久，所以，连取名字也不肯费心思。

她以有求必应的纵容来成全他对兔子的爱，他却以毫不负责的行为去糟蹋他曾经爱过的兔子。

被他伤害的兔宝宝，在被弃养的阴影中，活在自惭形秽的自卑里、活在无地自容的自咎内、活在百思不得其解的自责中。

这是一种无可痊愈的伤。

这天，参加聚餐会的，全都是学有所成的知识女性。

话题是女佣。

她们家里全都雇有女佣，合约一满，或续约、或另聘，可说都是"女佣惯用户"。在聊起女佣时，大家居然都曾有过不愉快和很不愉快的经验。

是阿文先掀开话题的，她啼笑皆非地说：

"昨天早上，我读报时，对初来的法蒂玛说：泡杯咖啡。等了老半天，未见咖啡端上来，进去厨房查看，哎呀，她正跷着二郎腿，悠悠闲闲地享受着热气腾腾的咖啡呢！原来她竟然以为我叫她泡杯咖啡给自己喝哪！理解能力这么差，以后的日子，可有罪受啰！"

阿嫣心痛难抑地接腔说道：

"我那辆深蓝色的宝马汽车，上个月才买耶，那天停在树下，沾了鸟粪，万万没想到，我家女佣竟然用铁丝刷子死命去刷，把我崭新的轿车弄出一道一道惹眼的刮痕！我差点气疯了啊！"

阿芬一脸失落地说：

"玛丽在我家打工六年，我们老早已视她为家中一分子了。最近，她要求回国省亲，我给她家中老老少少都买了礼物，让她风风光光地回去。没有想到，她自此一走，便杳如黄鹤。后来才知道，心怀叵测的她，根本就没打算回来！离去前，她觑家中无人，雇了车子，搬走了很多东西，许多价值不菲的名牌物品如鞋子和手袋，都只剩下了空空的盒子！"

阿祯感同身受，叹气说道：

"女佣多次向我借钱，诳称家中有事，说要救急；最近，还骗说母亲病重，必须回去探病，结果一去不回，我借出的钱，也化成烟气变成流水！"

阿霖接腔，语调抑郁地说：

"我家女佣对我八岁的儿子百般疼爱，可是，有一天，在浴室里，却被我无意中撞见了她赤身露体地对着他，企图引诱他！"

阿娥气愤难平地说道：

"我妈中风，瘫痪在床，请了两名女佣照顾她。一日，我提早回家，赫然发现她们用绳子把我妈绑在床上，两个人结伴溜出去逛街！后来查出，她们已经乐此不疲地做过许多回了；可怜我妈，无法说话，更无法投诉！"

阿玉一听，余悸犹存地说：

"我家那女佣，表面看起来温顺乖巧，我让她照顾年迈的父母。一日，公寓的保安员问我，为什么允许女佣每晚十二点外出？真相令人毛骨悚然，原来父母早睡，她每晚外出卖淫！"

阿梅也心惊胆战地说道：

"我家女佣，沉默寡言，内向羞怯，看起来一本正经，不意有一天竟被我发现她珠胎暗结，原来她竟然和上门送煤气的工人搞上了！"

唉唉唉，真是家家有本难念的经啊！

让上述知识女性最为难过的是，她们都善待女佣，尊重她们、信赖她们，从不吆五喝六地当她们是下人来使唤。可是，这一切所换来的，竟是偷懒、偷窃、偷人。

阿霖喃喃问道：

"我们是不是应该改变态度呢？也许，戴上凶恶与冷漠的面具，她们才不敢在太岁头上动土啊！"

睿智的阿芬，立刻摇头应道：

"不，我们不能因为她们不当的行径而改变自己的信念。保持善心，日子才能继续发亮。如果连对人基本的信任和爱心都失去了，日子就是一连串尔虞我诈的丑恶斗争而已，那时，生活的内容，除了悲伤，还剩下什么呢？"顿了顿，又说，"**善心能不能结出善果，有时得看机缘**；但是，我们可千万不能因噎废食啊！"

说这话时，阿芬脸上闪着一层美丽的亮光。

自得其乐

人生的道路，必须走上很长很长的一段，才能练就如此率性而为的功力吧！

朋友吴杰翰的外公住在马来西亚一个名不经传的小镇里，谈起他时，朋友的声音里，满满的都是逗趣的笑：

"八十多岁了，身子壮硕，思路清晰。在家里，整天打着赤膊走来走去，百病不侵，医生根本赚不到他一毛钱。出门时，总爱穿那件有着一个大口袋的衬衫，口袋里，装着他的宝贝口琴。五音不全，偏爱吹奏，一看到有三五个人聚在一起，他便毛遂自荐，大吹特吹，摇头晃脑地吹、闭目凝神地吹，吹得灵魂悠悠出窍，心花朵朵自灿烂；听众反应如何，他根本不管。有时，碰到镇上有欢庆会，他便衣冠楚楚地赶着去，目的就是要表演。这个时候，我的外婆总是心急如焚，想方设法阻止他。晚上在家看电视，他特别喜欢看广告，而为了看广告，居然买入了三台电视，调到不同的频道去，同时开着，轮流看那五花八门的广告，看得津津有味，碰到富于创意的有趣广告，便笑得前俯后仰，笑着、笑着，累了，便歪着身子在沙发上睡着了。家人早上起来，每每看到三台电视热闹而又寂寞地闪着无人欣赏的画面，他呢，嘴角含笑，睡得死熟。"

啊，长寿，只因为他懂得宠自己。他选择自己的生活方式，无遮无拦地表现出自己的真性情。自得其乐而又乐不可支。

他的人生，就像他吹的口琴曲子，不完

美，但是，自我色彩浓烈。呵，**人生的道路，必须走上很长很长的一段，才能练就如此率性而为的功力吧！**

会唱歌的莲花

好友萧秀娥为我庆祝生日，当那个圆圆大大的巧克力蛋糕捧出来时，我注意到蛋糕上面坐着一朵含苞待放的莲。

含羞答答的花苞，是枣红色的，轻俏地坐在翠绿的莲托上。

原本以为这只不过是一根造型独特的蜡烛，万万没有想到它竟另有乾坤。

萧秀娥满脸神秘地以火点燃藏在花心里的烛蕊，烛蕊一着火，"轰"的一声，原本含情脉脉的花苞，竟然在电光石火之间，饱满地绽放到了极致，变成了一朵风情万种的莲花；八片轻盈的花瓣上，各自挺立着一根小小的蜡烛，八朵金色的火焰，齐齐亮起，在火光闪烁之际，"祝你生日快乐"的旋律，也自动奏响。

众人目迷五色，击节叹赏。

呵，真是让人耳目一新的精巧发明！通过了使人惊喜连连的变化，带出了绚烂的色彩、带出了清脆的音乐；也带出了衷心的祝福、带出了热闹的气氛。

这朵喜气洋洋的贺喜莲花，是萧秀娥千里迢迢地从哈尔滨买回来的。美丽的心意加上千里跋涉的颠簸，更显真诚。

那一整晚，在众人觥筹交错的谈笑声中，这朵喜莲极为落力地奏着那阕《生日快乐》的歌曲，声音又大又响；奏了又奏，不休不歇；奏了再奏，毫不懈怠。

它浑然忘我地奏，周而复始地奏、毫无变化地奏。

渐渐地，那原本动人的旋律竟变成了扰人的噪音了。终于，席中有人忍无可忍，建议把音乐关掉，然而，将这朵莲花翻来覆去，硬是找不到音乐的开关，这就意味着它想奏多久便奏多久，旁人根本无法、无从、无能干预。

晚餐结束后，我带着那朵斗志昂扬的莲花回家去。

家人起初都为这个匠心独具的发明赞叹不已；渐渐地，怨声四起，因为夜渐苍老，它却依然精神抖擞，自得其乐地奏个不停。在万籁俱寂的时分，那声音听起来分外刺耳。

为了避免扰人清梦，我把它藏进厨房的壁橱里，不行，声音依然清清楚楚地飘出来，像纷纷扬扬地窜满于各大角落的谣言；接着，我把它置入贮藏室内，也不行，声音还是完完整整地从门缝里泄出来，像是拼命掩盖而依然四处流传的一则秘密。

正束手无策之际，儿子献上良策："试试放进冰箱吧！"

果然奏效，声音被彻底"冰封"了。

一宿好眠。

次日起身，拉开冰箱，天呀，我的天呀，一串刺耳的音符又从冰箱里迫不及待地溜了出来！

这朵"冰山雪莲"，可真够长气啊！

人世间，再好听的话，如果一成不变而又再三再四地说，最终一定会演变成使人不堪其扰的絮聒。

在 2007 年 10 号的《读者文摘》上，有一则引人发噱的《浮世绘》，正好表达了同样的意思。

"迪士尼乐园内的游览车司机认真地提醒乘客：请不要忘了你的孩子，否则我们会把他们送到'小小世界'里，让他们学习用三十种语言唱《小小世界》，然后不停地对着你的耳朵哼唱。"

六老与六子

退休之前，是为别人活的，；退休之后，才是真正为自己而活的。退休者切切不可辜负这段黄金岁月！

到乌节路去逛街，碰到一位退休了的教育长官。才瞥一眼，便吓了一跳。过去，不论什么时候见到，他总是一脸勃勃的生气，满眼的精明锐利，可是，现在，霜满脸，尘盈目，落寞而又迷茫。问他如何消磨日子，他耸耸肩，苦笑着说："看街景啰！"过去，"朝七晚八"地工作，无视新加坡"日进千里"的变化，现在，空闲的时间一箩箩，便一寸一寸地逛、一尺一尺地看。开始时，感觉还蛮不错的，逛一回，赞一回；看一次，叹一次，觉得自己着实是个现代刘姥姥。可是，时间一久，新鲜感和新奇感都消失了，便觉得自己名副其实地成了个"量马路"的汉子，但觉生活是一片无趣的空白。

如果这位朋友不设法改变自己的生活方式，也许不久之后，便会患上可怕的"退休综合征"，觉得自己一无是处，初而自怨自艾，继而沮丧颓唐，心理影响生理，最后，进出医院，只为驱赶心里大片驱之不去的阴影。

最近，愈来愈多朋友因为承受不了越来越重的工作压力而申请提早退休，然而，她们没有意识到，如果没有好好策划便贸贸然地退出工作岗位，便等于把自己推入一个死胡同，进退不得，最后，闷煞、苦煞、惨煞。

一位朋友向我引述他最近在宴会上听到的一番妙论：退休者必须拥有"六老"，否则，就会惨惨地沦为"六子"。

所谓的"六老"就是：老健、老本、老伴、老友、老用（老而有用）、老信（信仰、信念、信条）。就实质生活而言，前四者不可或缺；然而，就精神生活来说，后两者却是至关重要的。

至于"六子"呢，便是：看孙子、看屋子、看日子；变哑子、变聋子、变瞎子。在空荡荡的"屋子"里，看顾难以进行精神沟通的小"孙子"，看着"日子"像蜗牛般一寸一寸地向前挪动，偌大的世界，萎缩成一所小小的屋子，久而久之，有口难言、听而不闻、视而不见，成了"呆子"。（当然，生性喜欢看顾孙儿者不在此例）。

实际上，拥有"六老"的退休者，享有的是"二度璀璨人生"。比如说，刚卸下南洋初级学院院长重任的冯焕好女士，便到教育学院去重拾她至为喜爱的教鞭，教余之暇，享受含饴弄孙的乐趣，日子过得充实而圆满。华初退休院长梁环清女士，到中国上海的太阳岛去推新加坡模式的教育，把自己对教育的理想和热诚镶入第二阶段的人生里；几天前我在锦茂一家发廊遇见她，她穿着休闲装，精神奕奕，精力充沛，相信就算碰上了从动物园逃出来的老虎，她赤手空拳便可收拾它。

有些朋友，重温学习乐趣。她们选择符合自己兴趣的课程，学中医、书法、陶艺、气功、烹饪、编织、舞蹈、歌唱，结交了一批志同道合的朋友，不时聚餐以切磋技艺，快活似神仙。

有些朋友，云游四海。有个"旅游族"对我说道："现在有'四能'而不出国游玩，以后必然后悔莫及！"他口中的"四能"是：能走、能吃、能睡、能屙。最精彩的是一位过去曾居高位而现年过八旬的智者，日日打气功，健步如飞；餐餐吃鱼吃菜，精神抖擞。他博览群书，言谈幽默。老伴走后，尽管有儿有女，却选择独居。他说："让彼此都享有自由的空间啦！"昨天向他长子探问他近况，他长子笑道："又去旅行啦！"上个月，从福建回来，托人给我们捎来了茶叶，想不到现在又飞去了旧金山。生活于他是一团泥土，他把泥土搓成多种形状，活到老，乐到老。

也有朋友当义工，去老人院、慈善团体、图书馆、社团提供服务，享受把鲜花送人之后留在手上的余香。

退休之前，是为别人活的；退休之后，才是真正为自己而活的。退休者切切不可辜负这段黄金岁月！

清风
徐来
在门外挂串风铃，叮叮咚咚

阿璇是我的远亲，她的世界里飘满了连狂风也吹不散的乌云。她老是眉头深锁，整个人苦涩得像是一碗黄连熬成的汤。

一日，我带她出席一项有关心理健康的讲座，希望她从中得到启示，从而把黄连汤转化为蜜糖水。

心理治疗师玛莉有一把好似棉花糖般的嗓子，甜而软。她嘱咐众人闭上双眼，专心一致地随着她进入一个精神的虚拟世界。

双眼一闭上，使人筋脉全然放松的音乐便轻轻轻轻地流满一室，她就在美妙的音符里，开始了让人如痴如醉的叙述：

"阳光明媚，天幕是一片欢快的蓝。你在一个开满了鲜花的地方悠悠闲闲地行走。一尘不染的空气，把你的肺叶洗涤得干干净净。走着时，你听到鸟儿啁啾的鸣叫声，一声比一声清脆；你闻到了由青草泌出的清香，这一股酥软的芳香，令你心旷神怡；你看到了绽放得比碗口还要大的鲜花，粉红的、嫩黄的、纯白的、淡橙的、深紫的，一朵一朵，盛放到了极致，千姿百态，风情万种；连回旋着的风，都变得十分斑斓。你走，走呀走的，来到了一道长长的梯阶旁边。远处，高高低低起伏有致的山峦在向你妩媚地微笑。你沿着梯阶向下走，一级、一级，慢慢慢慢地走，一直、一直向下走。早晨的风，轻轻轻轻地缠在你脸上，好像有人用一方浸了凉水的小毛巾温温柔柔地为你拭脸。你走，继续地往下走，走到梯阶的尽头。啊，你看到了一个湖泊，一个很大很大的湖泊，一望无际的蔚蓝。清晨如碎钻般的阳光落下来，湖泊安静而又活泼地闪出了千层万层如鱼鳞般的波光。绵绵叠叠的山峦，好奇地探头看湖，而那浪漫的湖呵，就多情地留住了山的姿容。湖中有山，山中有湖。湖里的山瑰丽，山里的湖神秘。你在湖畔坐了下来，听到了远处丛林传来了不绝如缕的蝉叫声，看到了近处花枝上翩翩飞舞的蝴蝶，你的心，进入了一个全无忧虑、全无烦恼的世界……"

音乐继续播放了一阵子后，慢慢慢慢地停止了。

众人恋恋不舍地回到了现实的世界。

说也奇怪，经历了这一趟奇妙无比的心灵之旅后，原本被生活揉得皱皱的那一颗心，就被这一只无形的手抚得平平的、顺顺的，有一种拥抱快乐的感觉。

转过头去看阿璇，没有想到，看到的依然是一张眉头打结的脸、一张宛若黄连的脸。

我问她：

"你觉得怎样？"

她的嗓音，像是机器忘了上润滑油，又干又涩：

"很累。"

这样的回答，自然使我大吃一惊；但是，更让我吃惊的，是她接下来的话：

"走那么多路，脚很酸。你又不是不知道，我患有风湿炎，刚才，那道梯阶，那么长，膝盖实在痛得受不了。再说，我不会游泳，坐在湖边，万一滑进湖里，谁来救我！还有，我鼻子敏感，蝴蝶飞来飞去，花粉弄得我鼻子发痒，真是难受。那些鸟，好像鬼一样，叫声尖尖的，说多刺耳便有多刺耳！还有，还有，蝉的叫声就更难听了，听久了会发疯的！今天，你带我来这里，简直就是活受罪嘛！"

讲座还没开始，她竟已累得像一叶咸菜。

病入膏肓的悲观症，是药石罔效的；而我，竟然异想天开地希望黄连变蜜糖！也许，在她眼中，像我这种"兵来将挡，水来土掩"的乐观，才是一种无可救药的病哪！

第三篇

纸盒里的爱

ZHI
HE
LI
DE
AI

纸盒里的爱

这口大箱子，沉甸甸的，重得好似放了金条。

箱子里，密密麻麻、层层叠叠，一个一个，全都是折得整整齐齐的纸盒子，数目惊人地多。

这些方方正正的小纸盒，手工细致、扎实，在粗犷中透着纤丽、在恬静里透着坚韧、在柔和中透着隐秘。它们稳稳地立在桌上，宛如一个个恪守纪律而又守口如瓶的小士兵。

这一口大箱子，是黄美芬送来给我的。说来难以置信，搁在箱子里面那数目上千的小纸盒，竟然全都出自一名老人的手。

这名老人名字唤作卢金荣，年届八十六。

他是黄美芬的母亲黄玉莲女士的老邻居。

据黄玉莲女士告诉我，卢老和妻子鹣鲽情深，相濡以沫。一般，许多暮年人士都爱到楼下咖啡店去，和别人磨嘴皮子，消磨时间，但是，卢老却不同，他喜欢陪在妻子身畔，有滋有味地过着平淡恬静的生活。每天，夫妻俩总坐在大厅里，谈那一辈子也谈不厌的话题。细细碎碎的话语，就像是源远流长的水，日日夜夜，潺潺地流个没完没了。

附近有游荡的野猫野狗，夫妻俩在闲谈时，并没让双手闲下，他们共同折了许多可爱的猫盒和狗盒，送给善心人士，让他们拿去盛放猫食和狗食，喂饲野猫和野狗；这样一来，不但予人方便，且又保持了环境的清洁，一石二鸟。

对于年过八旬的老者来说，每一天都是一个金色的起点，然而，与此同时，每一天也可能是一个黑色的终点。

共折纸盒的这对老夫妻，尽管鹣鲽情深，可大家都心知肚明，诀别是迟早的事。

去年，比老人小一岁的八旬妻子，终于撒手尘寰了。

中年丧偶固然令人难过而怅恨，然而，老年丧偶，却是悲凉而又凄怆的，尤其是先走的那个人是无话不谈的良伴，那种痛，就犹如一只全身尖刺竖立的刺猬残忍地坐在脆弱的心上，有被凌迟的感觉。剧痛还没有消退，可怕的孤寂便"狼狈为奸"地化成了一座高高的楼房，重重地压在心头上，把耄耋之年的鳏夫或寡妇压得辗转难眠。许多老人，可能便会因此而失去了生存的欲望，一心只想和离他而去的配偶在黄泉路上重逢。

卢老在丧偶后，变成了一个比深海的鱼更为沉默的人。

为了化解死别的痛苦，也为了凝聚继续活下去的勇气，他把心中无可化解的思念通过干瘪起皱却仍然无比灵活的十指，塑成一只一只的小纸盒。他把时间和精力都投注进去了，每天完成的纸盒惊人地多。

我想，纸盒对于老人来说，多少有点移情作用吧？当他以风般的速度"折折折"的当儿，或许也将那无法传递的思念一并折进了纸盒里。

一只纸盒一缕情，万千纸盒万缕情，寸寸都是爱呵！

美芬说："他每天所折的纸盒是那么、那么的多，我唯有一袋一袋、一箱一箱地替他到处免费派送。大家都用他的小纸盒，才能让他觉得他对社会还是有贡献的，也才能让他找到活下去的意义！"

仙人掌

那株小小的仙人掌，翠绿如玉，叶缘处结了一球艳红如珊瑚的果实。搁在办公桌上，成了一道不移不渝的风景。初时循规蹈矩，按时浇水，日日一匙，仙人掌自得其乐，以一种肉眼难及的速度缓缓生长。后来，学校放假，忘记带它回家，它在乏人照顾的缺水状况里，依然不屈不挠地生长着；潜意识里觉得它很好"欺负"，从此便生出疏懒之心，心血来潮时，便喂它几滴水，一忙起来，便置它于不顾。它忍辱负重，苟且偷安。一心认定这是一株天长地久而又不生异心的植物，愈发怠惰，后来，简直对它不闻不问了，只有当它拼尽全力维持着的那一丝艳丽偶尔引起他人的惊叹时，才含笑睐它一下。

一日，旁人的惊呼引起了我的注意，啊啊啊，原本绿意盎然、昂首挺立的这株仙人掌，居然变得通体焦黄、萎靡不堪！仔细回想，已有七八个月不曾以半滴水来滋润它了！亡羊补牢，带它回家，温柔万分地照顾它，白天让它在户外啜饮阳光、晚上让它在屋内畅饮甘露，然而，长期的疏忽与漠视使它心如槁灰而存了必死之念，任凭我百般呵护，它竟连回光返照也不肯，悒悒而去。

嘿，多像婚姻。

婚书伸手可及便以为婚姻是天长地久的，配偶常在身边便认定对方永不生异心。

不是的。

清风
徐来
在门外挂串风铃 叮叮咚咚

有一位少女，在第三度离家出走之后，她心力交瘁的母亲在接受报界的访谈时，声泪俱下地说：

"我很爱她，现在，依然爱着她。但是，这回，警方如果把她找回来，请将她直接送到收容所去，我不要她回家了！"

啊，到底是多少次重蹈的覆辙、多少次无效的劝告、多少次无情的伤害、多少次摧心的折磨，才能让一个母亲说出这种表面上好似无情无义、实际上悲恸入骨的话语来？

"人到情多情转薄，而今真个不多情"，又岂止适用于爱情而已？不同的是：慧剑斩情丝，藕断丝不连，然而，血浓于水的亲情，却是一生一世的牵挂呵！明明白白地说出不要孩子回家的那个母亲，其实心中恒远有个家，永远地敞开着大门，等着、想着、盼着她亲爱的孩子回来。可叹的是：长年浪荡在外的那个人，有一天累了、倦了，想起家中那一盏温暖的灯而回去叩门时，却愕然发现：敞开着的大门之内，早已空无一人。**生命，就和蜡烛上的那一朵火花一样，不堪久等**。回头的浪子，有一世的遗憾。

锁链

我看中了一个小巧玲珑的锁，有一条细细的链系着。想买，却又担心它不够牢固。

店东一听，便哈哈大笑，说：

"盗贼如果有心破门行窃，就算锁再大链再粗，都是没用的！"

是真的。

道高一尺，魔高一丈。锁链，只不过是一道虚张声势的防线，唬唬那些初出道的小毛贼而已；惯于作奸犯科的汪洋大盗，把开锁断链当作是不值一哂的雕虫小技。

婚姻证书，其实不折不扣的就是一道"无形的锁链"，拥有它的人，在心理上老是觉得很安全，有人甚至愚蠢地以为取得了终生的保障，放心之余，放松自己；全然忘了用以保安的锁链实际上并不保险，大门之外，永远有心怀叵测的人在觊觎门内的一切，只要略施小技，锁链便应声而开，届时，要使失去的荆州重归故土，难若登天。所以说嘛，装了锁链的人，应该未雨绸缪，在原有的锁链之上，再安装完善的保安系统，定时检查，定时维修，千万不要理所当然地把目前的拥有视为无可变动的天长地久。祸福与共的关怀，自我约束的定力、互诉衷曲的交流，都是保安系统里重要的零件。

恨

世人都认为，相逢恨晚是一桩异常惆怅的事儿，无奈得悲凉。

茫茫人海中，最难寻觅的，便是知己。碰上顺心投缘的，便好似心坎深处一个尘封多时的话匣子突然找到了失落多时的钥匙，一经开启，话语如江如河，止不住、停不了。

继续交往时，诧异一日比一日深：怎么观点竟如此投合？怎么兴趣竟如此相近？怎么有时竟会不约而同地说出一模一样的话？怎么……怎么……千宗万宗事儿，竟都契合无间。

这当然是喜事。

然而，这两个原该喜悦万分、庆兴万分的人，却渐渐生出了恨意。

恨？恨什么呢？

恨相逢太晚。

倘若任由这样的恨意在心头泛滥，假以时日，必成祸害。等到恨意在不知不觉间发展成"恨不相逢未婚时"，想要抽身后退，已无归路。

知心的友谊，原是温醇的葡萄酒，它能给你带来微醺的美感，但是，其中一方如果强行加入过多的酒精而使之转化为烈酒，那么，双方酩酊大醉所带来的，当然只有让人事后不忍回顾的痛苦了！ 最惨烈的是：这两个跌落"爱之坟"里的人，势必会冤哉枉哉地拖累许多无辜的"陪葬者"。所以说嘛，相逢、相知，便是人间一等一美事，实在不必再多此一举地萌生于事无补的"恨"意。

坟墓

挚友阿宛因为男友感情出轨而斯人独憔悴；然而，最近，当男友苦苦求她覆水重收时，她却慧剑斩情丝。向我叙述情变经过时，那种"千帆过尽"的心态，已近禅境：

"曾经痴狂，他一个温柔的微笑，可以震掉我的魂魄；他一个凝注的眼神，可以使我三月不知肉味。然后，我们相爱了，那种销魂蚀骨的感觉，炽热得简直可以将我化为灰烬。他变心时，我好像莫名其妙地踏到了一条硬生生地插进来的抛物线，惨惨地从天堂被抛到地狱去。我哭过、我求过，我甚至想过：只要他肯回头，就算爱火重燃只有昙花一现的个把月，叫我把生命赌上为条件，我也甘之如饴。有一晚，我在他寓所门口等他，足足等到凌晨两点，精神已接近崩溃边缘了，他才回来。我们在街灯底下对看，那一刻，我看到了我这一生最大的震惊。那一双曾经使我醉生梦死的眼睛，居然充满了轻蔑、嘲弄、鄙弃。说也奇怪，当我读懂他的眼神时，那种痛彻心扉的感觉，竟然转化为一根巨大的棒槌，让我彻头彻尾地醒了过来。如果说，他的眼睛里有一丝怜悯、半点负疚，那么，现在，当他提出重修旧好的要求时，事情或许还有一点转圜的余地，可是，他近乎残酷的这种不屑，却扼死了我对他所有的感情。曾经不忠，也许可以宽恕；但是，在背弃爱情的同时又鄙弃，感情便永远进了坟墓。"

吃鱼，一个不小心，鱼刺鲠喉。那刺，细细长长的一条，蛮横无理地盘踞在咽喉最最敏感的地方，有鸠占鹊巢的得意、有兴风作浪的快感。

遵循古老的做法：吞饭团、饮酸醋；然而，大块的饭团带动不了它，刺激的酸醋更是软化不了它。大力咳嗽，咳得喉咙几乎出血，那鱼刺，还是得意非凡地横在那儿；用手挖它，挖得呕吐连连，那鱼刺，依然风雨不动安如山。啊，仅仅只是毫不起眼的一根小东西呢，竟然使我"神魂颠倒"，失了安宁，没了主意，焦躁、焦虑；难受、难过；不安、不乐；一筹莫展、一蹶不振。终于，驱车去医院，劳动大夫，注射麻醉药，以仪器取出。之后，一切回返旧貌，安然、安适、安恬。原来，原来呵，幸福就是这样平平淡淡地蕴藏在平平凡凡的生活里；快乐，就是这么平平和和地蕴含在平平畅畅的感觉中。

鱼刺，不折不扣的，就像是婚姻里的外遇；它阴阴地、暗暗地、偷偷地藏在丰腴润滑的鱼肉里，男男女女，畅畅快快地吃它、欢欢喜喜地吞它，吃呀吃的、吞呀吞的，忽然，"呃"的一声，鱼刺鲠喉，咳不出、融不掉、化不了……真个是：**无情不似多情苦**。

霉菌

旅行经年，拍了不计其数的录像带，齐齐地摆在橱子里，希望有朝一日发稀齿摇走不动时，能通过录像带来重温昔日好时光。最近整理旧物，忽然惊骇欲绝地发现：整个橱子，好似刚刚经过了一个酷寒已极的冬季——每盘录像带，全都沾上了细细碎碎有如白雪般的霉菌。想到多年心血就此付诸东流，我惨叫出声。次日，和朋友谈起，知道有一种轻便的器械可以帮我清洗霉菌，使录像带完好无损地恢复原貌。我欣喜欲狂，立刻购买，马上清洗。依照指示将录像带放入，按钮，只见录像带飞快地转着、转着，斑斑白白的霉菌，一点一点地掉落，最后，干干净净地恢复了黑色的本貌。我大大地松了一口气，赶快播映来看，这才惆怅万分地发现：霉菌虽去，曾受腐蚀的录像带却已元气大伤，画面不清，视像不佳。

这种情形，和婚姻并无两样。结婚了以后，以为感情会理所当然地长存、常在，不照顾、不珍惜、不尊重，等到感情阴阴地长出了霉菌，才苦苦思量清除霉菌的方法。然而，就算霉菌被成功地清除了，曾经有过的霉味，却如影随形，长存、常在。

友情，也是一样的。

情人节，在挚友阿策的博客里读及了一段动人心弦的文字。

大意是说，她和老伴都是六十好几的乐龄人，无病无恙。然而，最近，有一天，向来精力充沛的丈夫突然提早下班，申诉很累，连饭也没吃，倒头便睡。她担心得不行，因为他连平日恼人的鼻鼾声都没有发出，只是阒无声息地睡，一直一直睡。那一整夜，她不断转身探看他有没有什么异常现象，如此折腾到了次日早上九点左右，他才醒过来；吃了早餐，若无其事地上班去了。

阿策如此写道：

"他离家后，我不禁哑然失笑，因为我想起以前是多么讨厌他那吵死人的鼻鼾声，也常常找机会踢他脚板，让他翻一下身，停止打鼾一会儿，好让我趁那空当赶紧入眠。经过那夜之后，我豁然醒觉，原来他不发出恼人的鼻鼾声时，竟然会让我惊怕莫名，反而睡不着觉了。情人节对某些人来说，是烛光晚餐兼玫瑰花束加钻石攻势，而我，只想枕边人无恙地、正常地打打鼻鼾。嫌吵？能永远被他鼻鼾声吵下去更好！吵，我可以踢踢他呀！"

深刻隽永的夫妻情，就如此不着痕迹地蕴藏在绝不讨喜的鼻鼾声里。那么真实，又那么贴心；那么平实，又那么温馨。

无独有偶，最近，邻居阿沁也和我谈起了

她的丈夫。

阿沁厨艺极佳，常以巧手变出满桌佳肴，然而，让她觉得大煞风景的是，丈夫阿雄每回饱餐之后，便"呃——"地打出一个中气十足的饱嗝。她瞪他、骂他，他却总嬉皮笑脸地说："这是我对你厨艺的高度赞美呀！"她多希望他能在满足味蕾之际，搂一搂她，轻声对她说谢谢，但是，她也了解，在她丈夫的遗传基因里，没有浪漫的成分，所以，她也只能认命了，只是每回听到那个熟悉的打嗝声，她依然会厌恶地皱起眉头，瞪他。

最近，阿雄不幸跌了一跤，摔断了骨头，得留医半年。儿女都在国外，家里只剩下阿沁对影成双，人和影，都寂寞。

阿沁幽幽地说道：

"我多么希望再听到他的打嗝声啊！现在，一个人，饭煮得再香、菜炒得再好，都味同嚼蜡了。"

原来，原来啊，在长达数十年的岁月里，夫妻相濡以沫的感情，就毫无保留地渗透在那一个一个绝不高雅的打嗝声里；原来，原来啊，能够在他打嗝时皱起眉头瞪他，也是一种表达情意的方式、也是一种美丽的生活情趣呵！

婚前的恋情，像水花四溅的瀑布，时时有着意想不到的小欢喜大惊喜；婚后的感情，却像辽阔的大海，静静地收纳着对方大大小小的缺点、弱点、坏习惯。百川流向大海，海不也照单全收吗？婚姻，也像一口窄窄的井，看似缺乏内涵，实际深不可测，里面满满地盛着祸福与共的夫妻情。

对于一个快乐而自信的妻子来说，她并不需要丈夫送玫瑰花来点缀她的感情生活。曾有人幽默地表示：一个男人，明知道对方不爱他还送花给她，是浪漫；明知对方爱着他还送花给她，是浪费。一个贤惠的妻子，不要丈夫作这种无谓的浪费。她宁愿丈夫送她一大包玫瑰干花，当他饱餐一顿后，就给他泡杯玫瑰茶，那么，在他打出的那个长长的饱嗝里，便有了玫瑰悠长的清香。

简单地说，爱的定义就是：**在连续不断的打嗝声中、在连绵不绝的打鼾声里，两个人，一起变老、一起变丑，也一起变得更自在、更无求、更快乐……**

和一群退休的朋友饭聚。

席间，聊及婚姻，骤然发现，处于"黄昏阶段"的婚姻，普遍面对着一个潜在的小危机。大家七嘴八舌地表示，从职场退下来后，和谐的婚姻竟硝烟四起。过去，夫妻俩为工作忙碌，很珍惜闲暇时的相处，见缝插针，分秒必争，大家都好似有谈不完的话。现在呢，手中有大把可供挥霍的时间，朝夕相对，原本以为如鱼得水，琴瑟和鸣，没有想到反而时起勃谿。

甲气呼呼地说：

"大事小事他都要查问，我简直烦得要发疯！以前我出门，只说去会朋友便得了；现在呢，他不惮其烦，打破砂锅问到底：跟谁见面？在哪里见面？为什么上周才见了这一周又要再见？饭后是谁结账的？我一一答了，却又引出他另一串问题，我给他惹得什么兴致也没了，有时，忍不住吼他，他又说我更年期，坏脾气，就这样一来一往地拌嘴，相吵无好言，大家都败了情绪！"

乙频频点头附和：

"是呀是呀，我家那个，也是一样。太空闲了，连我挤牙膏的方式也要横加干涉，我习惯从牙膏管子上面挤，他偏要我从底下挤，我说我一辈子都是这样挤的，你干吗现在才来说三道四！他就说，你已经错了一辈子，我现在就是要纠正你的错误！我说你就让我把这错误带进棺材里吧！他就骂我说，你这人怎么这样不可理喻！大家闹得很不开心。第二天早上刷牙时，却又旧戏重演，你说烦不烦呀！"

丙遇知音，格外亢奋，她尖着嗓子说道：

"嘿嘿，我老公才叫人生气啊！有人问他退休生活如何，他说：前两年很好，最近这两年就不太好了。别人问起原因，他居然说：因为最近两年我老婆也退休了！哎，他不喜欢我管他，可是，你们知道他有多懒散吗？吃了睡，睡醒了看电视，看累了又找东西来吃，恶性循环哪，不说他，能行吗？"

丁闻言，迫不及待地插嘴说道：

"我家老爷也是退休后变了个样子，以前上班，总是长袖衬衫打着领带整整齐齐地出门去，现在呢，随随便便穿着一条短裤满屋晃，我说，让人瞅见多不好，他居然应道：难道你要我光着上身打领带吗？"大家忍不住笑了起来，她继续说道："还有还有，他呀，看过的报纸杂志随手乱扔，弄得屋子处处凌乱不堪、用过的杯盘碗碟随意乱放，惹得蚂蚁、蟑螂到处乱窜。说他，他听不进，还发脾气；我整天跟出跟进帮他清理，烦得直想把他赶出家门！"

我静静地听，心生遗憾。朋友们不知道，她们目前所拥有的，实际上是感情上的"黄金年华"呀！

中国著名作家海岩曾经说过：

"相爱有两个阶段最美：第一个阶段是相恋或初婚，此时人的内心都是真诚的，不带交易性的；还有一个阶段是中年以后，儿女已长大，那种相敬如宾的境界非常美好，他们维系婚姻依靠一种亲情，一种恩情，激情没有多少了，但这种爱更稳定。"

海岩这话，说得真好。然而，我认为，中年过后，其实还有一个阶段是极为精彩的，那就是退休以后的婚姻生活。

别人总说，结婚以后，夫妻两人必须"只眼开只眼闭"，婚姻才能持久，这话有一定的道理，然而，从工作岗位退下来后，夫妻俩却一定得把过去刻意闭上的那只眼睛好好地睁开来。

圆睁双眸，绝对不是百无聊赖地挑对方的缺点，而是在"夕阳无限好"的这个阶段，尽情地去发掘生活的美，在暖暖温情与悠悠闲情里，与白头偕老的那个人好好享受无牵无挂的那份轻松惬意。

去日苦多，享乐要及时，又岂能让鸡毛蒜皮的小事、无关紧要的琐事污染了心情、糟蹋了生活！

树叶日日长青，天天都是好日子啊！

雅都阿兹是我和日胜在沙迦酋长国（注：沙迦酋长国是阿拉伯联合酋长国的成员国，被誉为建设得最美丽的国家。）认识的一名阿拉伯人，彼此谈得投缘，他热诚地邀请我们上他的家去。

庭院很阔，庭院里那株椰枣树因此枝繁叶茂地长得非常尽情，红彤彤的椰枣，一大串一大串满树疯长，充满了醉人的激情。我仰着头看，心驰神往地想，如果把那甜腻的香气封存起来，就是一坛好酒了呀！

雅都阿兹微笑地说：

"我父亲把椰枣当维他命，每天吃几颗当早餐，现在，年过七旬，依然精神抖擞，健步如飞哪！"说着说着，不知怎的，他的眸子，忽然变成了秋天的阳光，有一种温暖，有一种浪漫，声音也不自觉地掺进了蜜糖："莎菲尔会用椰枣做很多甜品呢，等一会儿你们就可以尝尝了。"

莎菲尔是雅都阿兹的未婚妻。

阿拉伯人的家庭凝聚力特强，知道有客人来访，一家子都坐在大厅里等着了。雅都阿兹一一介绍：我父亲、我母亲、我哥哥、我嫂嫂、我妹妹、我弟弟，然后，他停在一名女子面前，说：这是莎菲尔。此刻，他的眸子，又变成了秋天的太阳。

莎菲尔完全不是我想象中的样子。

雅都阿兹个子魁梧，有一种顶天立地的伟岸，长手长脚，皮肤是热情澎湃的古铜色，有着那种令女性倾倒的粗犷和俊朗。

但是，莎菲尔毫不起眼。

她瘦，平胸直腰，像一根孤苦伶仃的稻草；她腼腆，未语脸先红，像个忘记长大的小女孩。

雅都阿兹二十八岁，而她，十九，还在求学。他俩是父母做媒撮合的，去年刚订婚。

很难想象任职于国际贸易公司的雅都阿兹在这日新月异的 E 时代，居然还愿意由父母安排自己的婚姻大事！

对此，雅都阿兹持有独特的看法：

"一见钟情的自由恋爱，像水流湍急的河，水哗啦哗啦地流，激起无数白白的泡沫，很美丽，也很刺激，可是，旱季一来，便干涸了，那种激情，是经不起考验的。细水长流的婚姻，需要的不是激情，而是感情；感情，是建立在共同的价值观和生活观上的。**激情会淡化、会消失；可感情却像辽阔的大海，海是永远也不会干化的。**"

雅都阿兹和莎菲尔定亲之后，两人很少单独出去，常常都是一家子集体同游的，他幽默地把这种相处方式看成是"浸濡式的恋爱"。

他以一种深思熟虑的睿智说道：

"婚前，倘若用心去爱，能爱一生；如果用性去爱，只能爱一时。"顿了顿，又说，"恋爱，是两个人的事；婚姻，却是一家人的事；妻子，必须和家人培养起一种水乳交融的亲密关系。"

我们在聊天时，莎菲尔和他的妹妹们不断地进出厨房，端出了许多用椰枣做的点心：椰枣软泥糕、椰枣馅饼、椰枣炸丸子、椰枣蒸粉团……

每一样都做得十分精致，十分可口。

雅都阿兹一边吃一边说：

"一般水果摘下之后，放置一久，就会糜烂腐坏，然而，椰枣却十分特殊，它的味道，会随着时间改变，不是变坏，而是变甜；放得越久，味道越甜，最后，简直就像是固体的蜜糖，甜入心坎！"

啊，莎菲尔，不正是雅都阿兹心里的一颗椰枣吗？

当我这样想着时，雅都阿兹正看着莎菲尔，眸子，好像是秋天的太阳。

牵手

爱情不朽，只因心犀相通。

等你，在雨中，在造虹的雨中 / 蝉声沉落，蛙声升起 / 一池的红莲如红焰，在雨中 / 你来不来都一样，竟感觉 / 每朵莲都像你 / 尤其隔着黄昏，隔着这样的细雨 / 永恒，刹那，刹那，永恒 / 等你，在时间之外，在时间之内，等你，/ 在刹那，在永恒 / 如果你的手在我的手里，此刻 / 如果你的清芬 / 在我的鼻孔，我会说，小情人 / 诺，这只手应该采莲，在吴宫 / 这只手应该 / 摇一柄桂桨，在木兰舟中 / 一颗星悬在科学馆的飞檐 / 耳坠子一般的悬着 / 瑞士表说都七点了 / 忽然你走来 / 步雨后的红莲，翩翩，你走来 / 像一首小令 / 从一则爱情的典故里你走来 / 从姜白石的词里，有韵地，你走来

一直难以忘记初读《等你，在雨中》这首诗时那种心魂俱醉的感觉。啊，究竟是怎么样的一种刻骨铭心的恋情，才能让诗人余光中写出这样一首缠绵悱恻的情诗？

反覆吟读的当儿，我怎么也没有想到，有一天竟能亲眼见证诗人不渝的爱情。

2006年秋天，我和大约30名作家受邀到南昌去参加笔会，在9月2日的晚宴上，主办当局出其不意地捧出了一个大蛋糕，郑重其事地宣布这晚是余光中伉俪的金婚纪念日。

中国作协名誉主席邓友梅和马来西亚作协会长戴小华联手"闹新人"。这一对鹣鲽情深

的"金翁玉婆"，便在两人的逼供下，坦白了半个世纪的恋情。

17岁的余光中在南京的姨妈家初次邂逅14岁的远房表妹范我存，对这位外表娇柔的少女很有好感。不久，便把他发表于刊物的拜伦译诗寄去她所寄宿的学校。有趣的是：当时他只懂她的小名，便在信封上写上"范咪咪收"这几个字，可是，校方根本不知道"范咪咪"是何许人，费了一番大周折，才把信件转到她手上！余光中洋溢的才情，自然像釉彩一样，鎏亮了范我存的少女生涯。

后来，两人随同家人一先一后到台湾去。

在异地重逢而分别居住在两个不同的城市，他俩以一种非常奇特的方式互通心曲。当时，余光中正着手翻译长达30多万字的《凡·高传》，每当译好了一个小节时，他便把译文写在白纸上，再把白纸翻过来，利用反面来写信，丝丝缕缕的情思，就缠缠绵绵地浮游于字里行间；而许多脍炙人口的情诗，就在长达11个月的鱼雁往还里，浪漫地诞生了。

结婚那年，他28岁，她25岁。

"新婚那夜，刮台风，早上起来，忙着搬动床褥，因为屋顶漏水。"温文尔雅的余光中，在忆述这件温馨的往事时，满脸都荡漾着笑意，而他结缡半世纪的爱妻，在一旁以不曾为岁月蒙尘的眸子静静地看他。

询及维持婚姻的秘诀，余光中意味深长地说道：

"有个公式，必须遵守，那就是：一加一等于二。丈夫和妻子，在婚姻里，享有完全平等的权利。"顿了顿，又说："在华文词汇里，'妻子'这个名词，是缺乏感觉的。我非常喜欢台湾人以牵手这两个字作为对妻子的称谓——走路时，不是一前一后的，而是并肩地、亲密地牵着手，这意味着双方是平等的，是互相扶持的。牵手这个词，贴切而美丽，应该加以推广。"

在众人热烈的掌声里，余光中和他的牵手相视微笑。

就在这一刹那，一串清脆的声音忽然传了过来，侧耳细听，原来是挂在余光中心里的那串风铃响了：

我的心是七层塔檐上悬挂的风铃／叮咛叮咛咛／此起彼落，敲叩着一个人的名字／——你的塔上也感到微震吗？／这是寂静的脉搏，日夜不停／你听见了吗，叮咛叮咛咛？／这恼人的音调禁不胜禁／除非叫所有的风都改道／铃都摘掉，塔都推倒／只因我的心是高高低低的风铃／叮咛叮咛咛／此起彼落／敲叩着一个人的名字

爱情不朽，只因心犀相通。

最近，到吉隆坡去，出席了一个意义非凡的婚宴。

新郎符佐治年过五旬而新娘何玛丽刚届不惑之龄。

佐治是鳏夫，三年前退下工作岗位，正想偕同老伴逍遥自在地四处旅游时，妻子却难以预料地被一场突如其来的急症夺走了性命。佐治原本缤纷的生活骤然被泼上了黑不见底的墨，整个人犹如一棵失水的植物，萎蔫萎蔫的。

当时，二十三岁的长女珍妮在杂志社当记者，日夜为工作奔波；次子约翰呢，在大学念书，寄居宿舍。

心智成熟的珍妮，见父亲以迅雷不及掩耳的速度恹恹老去，决定为他做媒，让他重拾人生乐趣。她根据父亲的品味，密切注意周遭的适合人选，皇天不负苦心人，终于，找到了。这位摽梅已过而仍然待字闺中的女子，是杂志社的美术设计员，性格恬静而贤淑。

女儿的积极撮合，加上何玛丽的体贴入微，终于在佐治宛如枯井般的心田里注入了甘冽的生命泉水，他活了过来。

婚宴，全由孩子筹办。每位宾客在入门时都获得一张大红卡片，以丝带系着一双镶着彩色贝母的筷子，卡片里面，以毛笔龙飞凤舞地写着：

"婚姻如筷子"。

寥寥五个字，既简单又深邃、既庄重又旖旎、既含蓄又浪漫，正是：言有尽而意无穷；看着看着，眼眶全湿。

珍妮上台致辞，她情真意切地说道：

"我今年二十六岁，爸爸爱我足足爱了二十六年；我知道，不论我活上多少年，爸爸还是会一如既往地爱着我。爸爸今年五十八岁，可是，到现在为止，我却只爱了他二十六年，足足欠了他三十二年的感情债。我算来算去，这笔债，无论如何都没有办法还得清。现在，我终于想到了一个两全其美的办法……"

她的说词，生动有趣，别具一格；全场宾客，深受吸引，屏息聆听。一对新人，脸上静静地泛着看似浅浅实则深深的笑意。

珍妮继续说道：

"我找到了一位好阿姨，连同我和弟弟，大家一起爱爸爸。我把爸爸给我的爱，双倍地还给他。这位阿姨，我现在称她为妈妈！"说着，向一对新人送了一个响亮的飞吻："爸爸，妈妈，我爱你们！"

在雷动的掌声中，新人眼中闪出了亮如水晶的泪光。

俗语说："满床儿女不及半床夫"，孩子的爱，纵是满盈，亦难以填补中年丧偶的空虚。那种心境，有"千山鸟飞绝，万径人踪灭"的苍凉与荒凉。

所以嘛，有孝思的儿女，应该积极鼓励丧偶的一方走出黑暗的幽谷，重新寻觅人生的桃源。至于那痛失配偶者，也应该明确地晓得，与其一无是用地想念着那永不复返的一切，倒不如把深刻的怀念化为快乐地活着的力量；再说，长期以眼泪当祭品，死者在天之灵肯定不安心；唯有把自己照顾好，才是对死者最大的尊重！

甲和乙是众所周知的情侣。

甲像是天上飘浮着的云絮，平和恬淡，与世无争。乙恰恰相反，她像雷、像电，情绪大起大落，脾气大鸣大放；往往在隆隆的雷声和乱闪的电光里误伤良民，但她却无知无觉，或者，更正确地说，她毫不在乎。对于把她宠得近乎放纵的甲，她更是高高在上，颐指气使。披着"爱"这一袭熠熠发亮的金箔衣，他包涵一切，她呢，为所欲为。

有一天，虚荣而又无知的她，又惯性地在众人面前抡起语言锐利的大刀，把他砍得鲜血淋漓。他想方设法为自己建造一道便于走下去的台阶，无奈她觉察不到他的用心，任性而残忍地展示自己的跋扈。

终于，他决定分手，而且，一旦决定，心意便丝毫撼动不得，像榕树百年的根。

她百思不得其解，痛苦得近乎狂乱。明明是百般迁就而任她随意"蹂躏"的一个人，怎么可能说分便分、说离便离、说去便去？明明是紧紧地握在掌心里插翼也难飞的，怎么在顷刻间便从指隙间溜走，消失得无影无踪？

她找人说项、央人调解、求人"撮合"，通通徒劳无功。

他的答复只有一个字，斩钉截铁而又干脆利落的一个字，那就是：

"不。"

对好友，他只简简单单地说：

"感情像橡皮圈，断了就断了。"

感情像橡皮圈，断了就断了。啊，真是警世之言。

橡皮圈，圆圆圆圆的，宛若一个无懈可击的完满。它有无比的张力、有无穷的韧力。懂得爱的真谛者，善于利用橡皮圈的特质，将双方的爱情捆得更紧、更牢固；然而，有些人，肤浅地以为让对方披了爱情的盔甲便可以任意舞刀动剑；或者，无知地把爱情当作战利品而四处炫耀，她忘了，爱是橡皮圈，它的韧度、它的张力，都是有限度的。

拉拉拉、拉拉拉，拉到了极限，"啪"的一声，断了。

跌足追叹、捶胸追悔，全都于事无补。

断了的橡皮圈，没有情伤的痛楚，更没有情逝的遗憾，有的，仅仅只是一种不堪回首的疲惫。

姑且听听这一则小故事。

一个穷小子，无意中从一本古书发现一个可以令他致富的秘密。他按照指示，来到了那个特定的沙滩，刻意寻找一块"点金石"，据说这块"点金石"拿在手中时，会有一种温暖的感觉，好像是个活的东西，有着蠕动的生命力。他坐在沙滩上，拣取了一块又一块的石头，仔细地摸，感受不到书中所言的那种温暖，便往大海扔去。日出日落，每一天都如此做。做惯之后，便马虎得多了，只随意一摸，便扔向大海。直到有一天，他真的捡到了那块无价之宝，但是，他太习惯了扔石入海的动作，一甩手，"点金石"又飞向了大海……

那块"点金石"，其实正是我们身边最亲最亲的人。珍贵无比，却往往又最受忽略。

荷花与昙花

在过去那个感情含蓄的年代里，每个人的心中，都秘密地养着一缸荷。

当邂逅了心仪的人时，嫩绿的荷叶，便静静地泛出了油亮的光泽。养荷的人，在这一片阴阴闪着的亮光里，拼命思量如何让璀璨的荷花灿烂地绽放。

那是一段很漫长的过程，阳光、雨露、肥料，辛勤、诚恳、耐心，缺一不可。终于，瑰丽荷花满池开，馥馥郁郁，清香袭人。在缭绕不去的香气里，子结莲蓬。爱情的果实，饱饱满满，实实在在。

在现在感情开放的年代中，爱情成了易燃物体，一碰便烧，还没触及灵魂，身体便已成灰烬——男男女女一见钟情而偷尝禁果的实例比比皆是。

那种爱情，就像昙花，开得狂烈而奔放、尽情而绚烂，可是，花信极短，花的香气还没吐尽，便已恹恹地凋了、谢了。

漏斗

有读者写信给信箱的主持人，问："结婚时山盟海誓的人，后来为什么会离婚？"

主持人幽默地回答："有些人的爱就像装在漏斗里，时间一长，就漏光了。"

读毕莞尔。

婚前的爱情，经得起挥霍，有意或无意浪费了一桩谈不拢的恋情，丘比特总会慷慨地射出另一支爱之箭，在这种长江后浪推前浪的情况下，爱情于是呈现着斑斓多彩的缤纷面貌。

然而，婚书一签，便是一则永远的承诺。

许多童话式的婚礼落实为婚姻生活后，之所以会变得支离破碎、溃不成军，原因只有一个：不珍惜。就在这种漫不经心的疏忽或是毫不惜缘的淡漠里，爱的蜜汁，便源源不断地从漏斗中流了出去、流了出去。

实例嘛，由皇室到民间，比比皆是。

经营婚后的感情，其实应该像炮制蒸馏咖啡一样；上好的咖啡粉，犹如双方婚前长期交往而共同酝酿出来的爱，这爱，在婚后以精密的蒸馏器一蒸，便散发出像醪糟一样的香气，两位浮沉于岁月之海的老伴儿，共同饮它一辈子，无怨无悔。

他使君有妇而她罗敷有夫。

同在一家出版社工作，他是编辑而她是美术设计员。由于工作的需要，他俩时常"耳鬓厮磨"地"喁喁细语"。心有灵犀一点通，出诸他口中的构想，常常是她心中早已画就的蓝图；而自她画笔流出来的缤纷，也往往是他脑中文字的颜彩。除了工作之外，他们的话题，从来不曾涉及任何私人事务；他们甚至不曾共用过一次半回的午餐。

但是，有一种感觉，像是曳在空中的蝉鸣、像是散在空气里的花粉、像是挂在屋角丝丝缕缕的蜘蛛网、像是藏在莲藕中细细长长的藕丝，它若有若无、似浓还淡。远看以为没有，细看它又存在；想要捕捉它，它逃遁无踪；然而，放任它去时，它却又翩然飘至。那种甜蜜的痛苦，化成心湖一圈一圈荡了又荡的涟漪。

有"明察秋毫"的同事将俯拾即是的流言蜚语制造成处处滋生的霉菌，两人相信谣言止于智者，尽管这世界智者不多，可是，他们从不作无谓的辩白，从不。

一回，女子生病，五日没来。上班多年，这是她首次因病缺勤超过一日。病愈的那一天，她又因公共汽车发生故障而迟到。推门进来时，低头审稿的他骤然抬头，与突然俯首的她四目交投，在这电光石火的一刹那，男的魂

出卖

飞、女的魄散。

无辜的眼神，出其不意地出卖了他们。

流言，遂在半空中凝结成块。

凝成很大很大的一块。

眼前坐着的，是个曾经美丽的女人。

如今，她青春不再，沧桑满脸。

最要命的是：长期的怨怼、憎恨、愤怒、不满、不甘、不平，像硫酸，腐蚀了她的五官，使她看起来像只轮廓姣好的胡桃。

在风华正茂的年龄，她遇人不淑。伤害过深，从此把男人当井绳。

那天，在咖啡厅，谈及婚姻，她那种咬牙切齿的否定态度令我震惊莫名。别人劳燕分飞，她认为是理所当然的唯一结局；别人鹣鲽情深，她却硬硬说成是掩人耳目的虚情假意。自身的不幸使她永远地戴上了有色眼镜，把天下男人看扁、看垮、看歪、看低。美满的婚姻对于她，仅仅只是不堪一击的镜中花、水中月。

她独身终老而又怨恨终生。

实际上，被蛇咬，不可怕。清了蛇毒，疗了伤口，从此又是一个快快乐乐的可人儿。

真正的悲剧是：分辨不清啥是毒蛇、啥是井绳，恨井绳、怕井绳，杯弓蛇影、草木皆兵，白白误了大好一辈子。

第四篇

人生如

文学

REN

SHENG

RU

WEN

XUE

人生如文学

少年时，日子过得像论文。成年后，日子过得像小说。进入中年，日子淡淡如散文。到了老年，生活宛如绝句。

少年时，日子过得像论文。

家长定下的规矩，就像是严肃的论题，必须照着题目一板一眼地走，不得离题、不得逾规，录音式的刻板。每提出一个意见，都得有个参考的出处。沉闷的日子，长得好似永远过不完。希望快快写到最后一章，以便能摆脱套在身上的桎梏，为自己的少年期堂而皇之地打上一个句号。

成年后，日子过得像小说。

高潮迭起，缤纷多彩。生活里既有瑰丽璀璨的彩虹，亦有惊心动魄的雷电。看不尽的繁花、数不清的繁星。充满了幻梦与憧憬、动荡与刺激。周遭人物犹如走马灯似的变换着，每一个新的人物上场后，故事的情节又进入了新的发展；情绪大起大落，惊喜与惊悸、得意与失意、快乐与悲伤，交替更迭。一方面渴望知道故事的结局，另一方面又担心结局过后句号会骤然而至，满心都是美丽的矛盾。

进入中年，日子淡淡如散文。

踏踏实实、具具体体，像井水一般的沉静，像溪流一样的平稳，像河水一般的通畅，像海水一样的深沉。舒卷而读时，一切均在意料中，虽然没有大风大浪，大喜大悲，却也别有一种恬和静谧的情趣，在平淡中窥见真性情，在平凡中寓有小快乐。

到了老年，生活宛如绝句。

清风
徐来
在门外挂串风铃，叮叮咚咚

短而隽永，满溢睿智，极堪玩味。夕阳无限好，只因近黄昏，只因近黄昏啊！

枪

同样的，写作的人如果在摊开稿纸的那一刹那，能够「单、纯、专、精」地化身为笔，那么，由笔杆汩汩地流出的，当然也就是内心最深最真的情感了。那种不受名利羁绊的境界，是写作人最高的追求。

朋友是枪械射击学会的会员。每周几次，接受训练，每次训练，长达数小时。射击的靶，不是固定地设在地上的，而是"活"的，每个飞靶大若巴掌，瓦质，由机械操纵，一启动电源，飞靶便上达于天，这时，射击手便得使尽浑身解数，瞄准目标，开枪射击。风势的强弱，能影响每一个飞靶的飞向和飞速，因此，每一枚子弹的发射，都是对射击手一个严峻的考验。要射中目标，眼力的准确度、手指的灵活度、预测力的精确度，缺一不可，此外，精神必须高度集中、反应必须极端敏捷。表面上看起来充满了动作刺激感的射击活动，实际上是体力、手力、脑力三者紧密结合的高层次活动。

朋友目前正为出赛而积极努力，问他是否觉得压力极大极沉，他冷静地摇头应道："不，每回进入训练的场地时，我就不是那个握枪的人了，我实际上就是一管枪。"

啊，"我实际上就是一管枪"。

为这话击节叹赏。

话里有大爱，也有大敬。枪的任务，就是射击。当子弹从枪膛里射出而目标应声落地时，也就完成了枪最大最深最圆最满的梦。这梦，没有任何功利主义的色彩、没有任何你争我夺的倾轧，射击的目的，单、纯、专、精，那就是：尽一己最大的努力，作最完美的演出——演出枪的凌厉、枪的骄傲、枪的美丽、枪的尊严。

同样的，写作的人如果在摊开稿纸的那一刹那，能够"单、纯、专、精"地化身为笔，那么，由笔杆汩汩地流出的，当然也就是内心最深最真的情感了。那种不受名利羁绊的境界，是写作人最高的追求。

了

一日，一位热爱中文的朋友忽然提出了一个新颖有趣而又新鲜独特的看法。

他认为"了"这个字，是方块字里最具震撼力的。

笑问缘由，他一丝不苟地说：

"它是中文里的过去式——它一出现，事情往往便过去了，追悔、追叹、追泣，全都没用。"

细细一想，果然。

莞尔之余，深受启示。

走了、完了、断了、死了。

了、了、了、了。

斩钉截铁，掷地有声。

"了"。

它一现身，天大的事，都成了明日黄花，没有商榷的可能、没有转圜的余地，更没有重新再来的机会；就算你是楚霸王再世，具有拔山之力道、盖世的气势，也没有办法力挽狂澜。

"了"。

它大模大样地坐在字里行间，神气而威严、深沉而肃穆。它的出现，代表了大局已定，标志了大势已去，一切的一切，都画上了一个戛然而止的句号。它让你惊、让你痛、让你惧、让你悲。

"了"。

它是文字的警钟，教人学会珍惜之道。

惜物、惜人。

爱过了，纵有一日，物碎了、人亡了，那情，永不逝，在心上。

　　精通中英文而又同时以两种语文从事写作的著名作家聂华苓，对于创作，有个观点，十分坚持：凡是撰写关于华人生活或是以中国为背景的小说，写作媒介语一定得运用中文。

　　原因是：小说主要写的是人，人是文化的产物，而语言却又是文化的结晶，所以，以中文来写中国人、中国事，才能完善地表达与传扬中国文化。

　　她举例说明："猜拳"，是中国人特有的休闲活动，用其他语文来写，肯定无法把现场那种热闹的、活泼的、调皮的、快乐的气氛完善地表达出来，而"猜拳"活动进行中那种别具地方风味的语言，如果翻译成其他语言，也会给人三不像的感觉。

　　说到这儿，一丝笑意爬进了聂华苓极有精神的眸子里，她瞅着我，认真不苟地问："你说，你有没有办法把《红楼梦》里的贾宝玉和林黛玉这两个韵味绝佳的名字翻译成英文？"

　　我还没出声，她便以肯定的语调来个自问自答："让我告诉你，不论音译、义译，都无法把原来那层内蕴的涵义表达出来！"

　　是的是的，读翻译作品，往往有雾里看花的感觉。

　　花的轮廓，依稀可辨，然而，花儿那种逼人而来的摄魂色泽，却模糊不清了。

喜欢品尝文字，因为它蕴含五味。

有些文字，辣。

它犀利如匕首，对准病态方位，狠狠出击，不留情面、不留余地。它无异于指天椒，辛辣得叫人汗如雨下，却又痛快得令人拍案叫绝。

有些文字，酸。

它文质彬彬地掉书包，故弄玄虚地搬典故，酸气扑鼻，读者被酸得龇牙咧嘴之际，不免方向不辨地坠入五里雾中。

有些文字，甜。

它像糖液，浓浓地裹着人间隽永的情。它是夏天的冰、冬季的火。人生驿站里的旅人，以它消除热气、以它摄取温暖。

有些文字，苦。

它深刻、深沉、深入，像把锹子，狠狠地把人的心挖出一个大大的坑，让你痛、让你哭。你也许不喜欢这一股黄连的味儿，但是，你肯定能记它一生、记它一世。

有些文字，淡。

没个性、没特色，它就像是皮影戏里的人物，面目模糊、映像暧昧，读一篇与读百篇，毫无差别。这种文字，最是不堪。读之无味、弃之大乐。

推手

人生之所以圆融美丽，全因为

　　国际广播电台的节目主持李荣德先生最近在一项访谈节目里表示，他读我自传体的作品《文字就是生命》一书，发现我背后有很多"推手"。

　　啊，推手！

　　多么美丽的一个词语！

　　他说的可一点儿也没错。

　　在立下宏愿的童年时代、在积极茁长的少年时期、在疯狂吸收知识的大学生涯里，处处都伫立着善心地助我成长与成熟的推手；到了进入社会，工作、创作、出版，也不时会有伯乐型的推手出现。

　　推手们施恩不望报，只是本着一己的良知和热忱，助人、助人、又助人，从一桩又一桩助人的美事当中汲取心灵的快乐、寻求精神的满足。

　　当善良的推手一步一步地将我推向顺境的同时，我其实也在默默地当别人的推手。

　　每个人心中都存着一本无形的账簿，账簿里，密密麻麻地记着许多笔账。当别人慷慨大度地把一笔又一笔无需偿还的"钱"存进我的户口，宛若及时雨般在人生不同的时期解决我燃眉之急时，我会一清二楚地把账目记下来。一旦有了足够的能力，我便会毫不犹豫地提取那一笔又一笔无形的存款，帮助别人。

　　人生之所以圆融美丽，全因为有不计回报

徐来

在门外挂串风铃，叮叮咚咚

的推手。

然而，话说回来，一样米养百样人，有些推手，同样是"推"，不过，不是推你前进，而是推你跌倒——跌进他精心布置的陷阱里；被推的人，轻则遍体鳞伤、重则粉身碎骨。最为可怕的是：事后他还装出一脸惋惜的样子，说：

"我尝试帮助他，在背后拼命推他，可是，烂泥扶不上墙，有什么办法！"

禅机

人生最重要的是学会如何施爱予人，并去接受爱，没有了爱，我们便成了折翅的鸟；反之，爱如果存在，即使死了也不会真正地消亡。奉献爱的对象，除了人，还包括了社区和人生。

这书，读了三遍，意犹未尽。

是一部极具震撼力的书，书名是：《相约星期二》（*Tuesday With Morrie*），作者是美国的米奇·阿尔博姆（Mitch Albom）。

一位年过七旬的教授莫里，身罹重症，他利用在人世间仅存的 14 个星期，每周一次，就不同的课题而为一名学生米奇授课，讨论的课题包括：感情、金钱、婚姻、家庭、信仰、文化、社会、恐惧、欲望、遗憾、人生，等等。其人将亡，其言极精。许多论点，就好像一把锥子，狠狠地戳醒你沉睡着的意识，逼你往深处和广处思考。深思熟虑地闪着亮光的睿智语言，处处都是。

濒死的莫里，并没有为了刻意教化他人而故作乐观状，他内心亦有慌乱、沮丧、悲哀，而当这些负面感受侵袭他时，他并不逃避，反之，他让自己沉浸在内，深刻地加以感受，然后，洒脱地抽离。他说："如果恐惧进入你内心，不必拒绝，只要把它当作一件常穿的衬衫穿上，那么你就能对自己说：好吧，这仅仅是恐惧，我不必受它的支配，我能面对它。"正因为他不隐藏自己的消极情绪，整部书读起来显得异常的真实、真诚、真挚、真切，而他的许多真知灼见也就特别容易为人所接受。

他说："衰老并不等于衰败，它是成熟。接近死亡并不一定是坏事，当你意识到这个事

清风
徐来
在门外挂串风铃，叮叮咚咚

实后，它也有十分积极的一面，你会因此活得更好。"清楚地知道自己将不久于人世后，他决定尽最大的努力，带着尊严、勇气和幽默，平静地活下去，书中处处可以窥见他独特的人生哲学："看着自己的躯体慢慢地萎谢的确很可怕，但它也有幸运的一面，因为我可以有时间和人说再见。"他亦指出，"一旦你学会了怎样去死，你也就学会了怎样去活。"

莫里一再重申：**人生最重要的是学会如何施爱予人，并去接受爱，没有了爱，我们便成了折翅的鸟；反之，爱如果存在，即使死了也不会真正地消亡。奉献爱的对象，除了人，还包括了社区和人生。**此外，他也指出：同情心和责任感是使世界更加美好的两大要素。

那么，对于一个垂死的老人来说，如果他还有一个完全健康的一天，他会做什么呢？让人震惊的是，莫里的愿望居然平凡如斯："早晨起床，吃一顿可口的、有甜面卷和茶的早餐，然后去游泳，请朋友们共进午餐。之后，去公园散步，看看自然的色彩、看看美丽的小鸟，尽情地享受久违的大自然。晚上，去饭店享用上好的意大利面食。饭后去跳舞，跟所有的人跳，跳得精疲力竭，然后回家，美美地睡上一个好觉。"

当我读懂了蕴藏在这一番话里的禅机后，热泪盈眶。

"在牢狱里成立读书会，意义深长。许多囚犯，在参加读书会之前，终日只听到嘘声，然而，在书香的熏陶下，渐渐地，开始听到了掌声。他们最显著的转变是：当亲朋戚友前来探监时，他们会特别要求亲友携带精神粮食以取代过往的口腹之粮。一般地，当囚犯离开监牢时，为了担心霉气尾随而来，往往会将所有的东西丢得一干二净，但是，令人极端惊讶的是：他们竟舍不得把书丢弃，整整一大袋，背在身上带着走。我个人觉得：读书会对于这些囚徒最大的影响力是：泅泳书海之前，他们对自己没有信心，一切都没有可能，然而，读书之后，一切却变得有可能了。"

这一番语意深长的话，是台湾读书会培训讲师暨十大杰出女青年黄瑞汝女士最近于金门会馆举行的"世界书香日在狮城"庆典活动上，以娓娓动人的语调告诉众多出席者的。

好读书，读好书，读书好。

读书所能带来的积极性作用是毋庸置疑的，而读书会所能起的正面性影响也是无可辩驳的；真正令我深思的，倒是黄瑞汝几句掷地有声的话：

"主流教育没有让我们养成阅读的习惯，所以，读书会的成立是必要的，而且是任重道远的。"

就我自己为例，之所以终生阅读不辍，全

是因为家庭的影响。童年时，书籍在我家里，就好像是空气一样，无处不在。父母通过无言的身教启发了我们，我们兄弟姐妹四人自小便养成自动自发地阅读的良好习惯。父亲创办《迅报》的那几年，家里的经济拮据，有时，甚至有断炊之虞，但是，我们的精神世界，永远富足、恒远璀璨。记得小六那一年，生病入住医院，父母来探望我时，手里提的不是水果、鸡精、饼干，而是成套的成语故事，我对成语运用自如的能力，便是那时培养起来的。

入学之后，发现爱读、肯读、愿读课外书的同学可谓凤毛麟角；进入社会之后，发现爱读、肯读、愿读课外书的朋友亦寥若晨星；甚至，有人在看到了我为数不少的藏书之后，诧异地问我："你自己从事写作，为什么还要读别人写的书？"许多家境富裕的朋友，家中什么都有，独独没有的是书。

我们口口声声要建立一个优雅的社会，但是，我们的国民却没有阅读的习惯，那么，我们所建立的社会，永远是优渥而不文雅的。

试问：现在，我们的主流教育是不是该适时地为积极培养阅读习惯做出一些具体的贡献呢？

说说两则不很好笑的笑话。

有人参观画展，看到一幅以锦鲤为素材的画作赫然标价三万元时，大惊小怪地喊道："哇，活的锦鲤，就算是罕见的珍贵品种，叫价也不必那么高。"画家淡定地答道："那么，请问您可曾品尝过齐白石老先生所饲的虾？您又可曾骑过徐悲鸿先生所养的马？"

另有一个人，向一位精于绘鸟的画家求画，约好三天后去取。画家开出的价格让他大大地吓了一跳，他结结巴巴地说："你才花了三天的功夫而已，怎么可以要此高价……"画家气定神闲地应道："您看过石匠凿石吗？他在同一块巨石的同一个位置上敲了一千次，但是，石块依然保持着原状原貌，可是，就在他敲上一千零一次的时候，巨石突然崩裂开来——不是这特殊的一次使石块裂开，而是先前敲的那一千次。"说着，他开启了画室的大门，里面，描绘鸟儿各种动态的草稿叠得和天花板一样高。

艺术，不论是动态的抑或是静态的，当它以完美的面貌呈现于他人面前时，背后那漫长而艰辛的道路，肯定充满了血和泪的挣扎。遗憾的是：众人往往钦羡台前的风光而忽略了台后的苦拼。

台湾以绘荷驰名画坛的席慕蓉，在《荷花七则》一文里，便借一桩真实的小事说出了自己悲酸的心情。有一回，在画展上，一位观众坦然地对她说道："你的生活真令人羡慕，轻松又潇洒，像你画的荷花一样。"她在不被了解的难过里，以一种近乎控诉的笔调写道："他如果到过我深夜的画室里，看过我憔悴的苍白的脸，看过我因为用力钉画布而破皮流血的手，看过我一次又一次撕毁的草稿，看过我因为力不从心而流下的眼泪之后；他还会继续羡慕我的生活吗？"还有，还有呵，为了画荷，她得观荷；为了观荷，她得养荷；为了把荷养得好，她必须到水沟里挖那冒着泡泡又脏又臭让人头皮发麻的黑泥，放进又沉又重只抬一步便汗流浃背的大水缸里，再狼狈万分地请邻居帮她合力扛回家去；如此辛苦，满心只想"画出一朵与众不同的花来"！

收笔之前，再说说一则小故事。

一位记者问一位闻名遐迩的歌唱家："您的歌唱技巧已达炉火纯青的境界了，为什么还得每天花时间练习呢？"他淡定地答："假设我一天不练，便会觉得喉咙发涩；如果三天没练，我的朋友就会知道；倘若一个星期不练呢，所有的听众都会听得出来。"

写作也是一样的。每天笔耕不辍，为的就是不让笔头的锈渍流到纸上去啊！

愿以此文与所有热爱而又尊重艺术的朋友共勉。

呕吐

戴厚英在她的自传《性格、命运、我的故事》一书里记述了一则意味深长的真实事件。在她所住的小镇里，学校老师大部分是地主或资本家的子弟，因为穷人的孩子是读不起书的。1949年政体改易时，她只不过是一个十来岁的孩子，当时，为了推动"革命教育"，老师教学生要有"劳动人民的感情"，可是，老师本身并不懂得什么是"劳动人民的感情"，只能不懂装懂。他们带领学生下乡劳动和宣传，要学生和农民住在一起，并且像农民一样坐在粪池边也能吃饭，而且吃得十分香甜。戴厚英老老实实地说："这对我真是一个考验。看着粪池里乱翻的蛆虫，我怎么也抑制不住恶心，想吐。可是老师和同学的眼睛都在看着我，我不能不强装笑脸强打精神把饭吃下去，再到没人看见的地方去呕吐。"

为人师表而滥竽充数，不但贻笑大方，而且，误人子弟。至于那些心口不一的人，表面上道貌岸然，做起事来，好似认真不苟；实际上，他心知肚明，他表里不一，连自己那一关都过不了而得给自己打上不及格的分数，但人前人后却仍惺惺作态。

活得极累。

在杂志读及倪匡的两则逸事，极堪玩味。

逸事之一：倪匡在报上以连载的方式写科幻小说，有一回，写到主角卫斯理在南极遇上白熊，他把熊杀掉，吃它的肉，披它的皮，才把命保住了。有读者写信来骂道："南极只有企鹅，哪有白熊？"他不搭理，可那读者很凶，每星期写一封信来骂，要他公开作答。他于是在专栏作了简复：第一，南极没有白熊；第二，世上也没有卫斯理。那人就没有再写信来了。后来，书在台湾出版，出版社的人担心有识之士找茬儿，就叫他改成北极，但倪匡不肯，因为他认为南极比较神秘。

逸事之二：香港理工大学校长潘宗光曾向倪匡表示：他当学生时，非常享受倪匡的科幻小说，然而，等自己学了科学，才发现书中毛病极多，几乎没有一样事情是讲得通的。对此，倪匡闲闲笑道："毛病当然多，不然我也变科学家了！而且，当然讲不通，讲得通，就不叫写小说了。小说只有好看不好看，管它科学不科学？科学怎样幻想？二加二等于四，怎样幻想它等于五？"

倪匡写的是科幻小说，读者却要求实事求是，不啻是鸡蛋里挑骨头。如果有一天他以乌节路为背景而撰写科幻小说，纵使他安排恐龙出现于先得坊购物中心，读者也不应该提出异议的。

然而，如果撰写的是历史文献或是生活散文，又另当别论了。

我个人在抒写散文时，就曾碰过一则尴尬至死而终身铭记的事情。

那时，大学刚毕业。有一回，赴宴，有位素昧平生的女士坐在身畔，侃侃大谈旅游经验，我清清楚楚地记得，她以极为感性的语调说道：

"到国外旅游，我最喜欢逛果园了！"

噫，与我有同好哪！我立刻精神百倍地洗耳恭听，只听得她口沫横飞地说道：

"那次在澳洲，到草莓园去，哇，一列列草莓树，排得直直的，树上长满了红红的草莓，有些草莓，大得好像巴掌一样呢！"

哟，这个生动的叙述，使得我的想象力立刻长了翅膀。

想想看，大得好像巴掌一样的草莓嚣张惹眼地挂在树上，枪手和箭手齐齐站在树前练枪法和箭法，完全不必设立靶子，就以树上的草莓作为靶心，上膛开枪、拉弓射箭，一举击中，鲜红的果汁四处溅溢，惊心动魄。

将这想法说出来，她笑得花枝乱颤，频频赞我有创意。

千不该万不该，孤陋寡闻的我，误信她的话，以为草莓果真是长在树上的，过后不久，在一篇抒写旅游感想而设想旅游魅力的散文里，我便写了一段让我事后恨不得化身为鸵鸟把脸埋进沙堆里的话：

"喜欢旅游，有千个万个理由，逛果园，就是其中之一。想想看，当夏天的阳光温柔地唤醒了满树艳丽的草莓，你走在树下，看到枝丫间初醒而不慵懒的草莓、看到掩藏在一片绿海里的点点春色，你能不动心吗？"

文章一发表，便有人以讥讽的语调对我说道："哎，我很想知

清风
徐来
在门外挂串风铃，叮叮咚咚

道，究竟哪个国家的草莓是长在树上的？"我一听，便知话里有乾坤，当即保持缄默；然而，对方得理不饶人，嘴边讥讽的笑意更深了，他说："是你家后院种的吗？"这时，我觉得有个无形的拳头狠狠地挥了过来。

吃一堑，长一智。

从此，只写自己亲眼所见的，只写自己亲身经历的。如果非得转述旁人的话，我总会在动笔前追根究底、追源溯流地查得一清二楚。

文章千古事，得失"众人"知啊！

王羲之养宠物。

宠物是鹅。

关于王羲之和鹅的故事，坊间流传极多；有些确有其事，有些却是穿凿附会的。

绍兴的戒珠寺，相传与鹅有关。戒珠寺原是王羲之的住宅，他捐赠为寺，亲自题匾，命名为"戒珠讲寺"（俗称"戒珠寺"）。

据说王羲之有颗传家宝"吸墨珠"，只要将它在纸上滚一滚，便能把未干的墨迹全然吸干。王羲之爱不释手，闲来无事便以它摩挲双手，增强腕力。

他珠不离手，鹅不离身，时常带着宝物和宠物到寺院找老方丈下棋。一日，把吸墨珠放在桌子一隅，全神贯注地对弈，没有注意宝物被宠物一口吞掉了。棋过三局，天色已晚，起身告辞时，才发现吸墨珠不见了。这一惊非同小可，老方丈连同全寺僧侣一起寻找，遍寻不获。王羲之心存疑念，悒悒告辞。从此，不再找老方丈对弈，偶尔见面，也冷脸冷言相待。老方丈受此不白之冤，一病不起，溘然长逝（也有一说指老方丈为表清白而自尽）。后来，鹅生病了，不吃不喝，王羲之忍痛将它宰杀，这才愕然在它肚子里发现了吸墨珠！深感歉疚的王羲之难过万分，于是，舍宅为寺，用以怀念冤死高僧。

此刻，站在绍兴的戒珠寺里，忆起这则故

事，觉得故事里有多层耐人玩味的启发意义。

到绍兴遐迩闻名的兰亭去，看到了兰亭鹅池里数只悠然自得地嬉水的大白鹅，我又忆起了王羲之另一则与鹅有关的故事。

养鹅爱鹅的王羲之，从鹅身上悟出了许多运笔的技巧，从而研习出许多匠心独具的笔法。

话说有一天他在书房里苦苦思索究竟应该如何使书法展现轻灵自在的美姿，想累了，便踱出房外，信步走向鹅池，在池畔蹲下，观赏白鹅，借以松懈疲乏的精神。看着看着，心念一动，灵光一闪，啊啊啊，从群鹅嬉水的千姿百态里，他蓦然为刚才冥思苦想的问题找到了答案。此后连续一个多月，他每天都到池畔目不转睛地观察鹅的一动一静。鹅身弧度柔美的曲线、鹅颈伸缩自如的灵便；鹅掌拨水的轻俏、鹅喙取食的自如，甚至，鹅入眠时金鸡独立的美姿，都给了他许多启示和灵感。他据此揣摩研究运腕书写之道，最后，悟道得道，开创了"前无古人，后无来者"的独特书法。

凡夫俗子看到鹅，想到的是究竟烧烤好吃呢，还是酱卤有味？可是，具有艺术细胞的字圣王羲之，却慧眼独具地将艺术与它挂钩，发展出独树一帜的风格；别人养宠物，也许会玩物丧志，王羲之却因宠物而在艺术上取得突破性的进展！

可见从事艺术的人，必得在肉眼之外多长一颗心眼，见人所未见，才能从寻常事物中领受教诲，超凡绝俗，成就大器。

瑰宝

在我家的储藏室里，有两口很大的箱子，密密地上了封条。

对我来说，这两口箱子，不啻拱璧。

里面一捆一捆的，全是手书信札。

这些鱼和雁，自世界各地游来、从不同的文化圈子飞来。万籁俱寂，箱子却有无声的喧哗。它像一坛醇厚的陈酒，静静飘香，长年累日滋润着我的灵魂；我呢，则像个守财奴一般，严密而又严谨地守着这无价的瑰宝，不许任何人动。然而，前天，一只骤然由宝岛飞入我家的信鸽，却逼使我不得不为这坛"陈年好酒"开启封条。

信是由台湾中央大学文学院中国文学系"琦君研究中心"发出的，信中表示，为了进一步扩大琦君资料之收集、深化琦君文学之研究，该中心准备进行"琦君书信集"的编纂计划，希望在今年6月琦君逝世一周年之际编印完成。

该中心发函予我，主要的原因是有关负责人在琦君的遗物中发现我曾经和她通信，在为保留珍贵文学史料而共同努力的大前提下，该中心要求我原件捐赠琦君的信，或借用影印。

我和琦君通信多年，是无所不谈的忘年交。

读琦君的信，是心灵的享受、精神的提升、感情的寄托。

她为人真诚，不爱写些虚与委蛇的客套话，总是直抒胸臆，尽说真话。有时，读她洋洋洒洒地写上四五张纸的长信，仿佛和她面对面地促膝长谈，十分痛快！她知无不言，言无不尽；举凡创作心得、人生感悟、交友之道、烹饪要诀，都在畅述的范畴内；顺手拈来，封封精彩，篇篇佳作。

比如说，有封信，灌输我以养生之道，如此写道：

"人到中年，就得格外注意健康，至亲的人，也无法代替你生病的啊！我家乡话说：吃得好，睡得早，黄金白银如稻草；可见健康是至宝。你会打太极拳吗？我会的。太极拳的原理就是三个字：中、空、松。即站着时保持正中，不偏不倚，不斜，就不会跌跤。心中要一点杂念也无，天下无解决不了的事，不要急、不要愁，脑子里自然就空了。四肢要放松，肌肉骨骼都会松松的，不紧张，人自然就舒服了。两条手臂呢，可自由地运动，左右上下慢慢转动，很舒服的，你试试看呀！走路也是好运动，都说饭后百步走，活到九十九。其实饭后并不宜马上走路，因为血液要到胃里帮助消化，在家里做家务就是运动了。我因风湿扰人，头晕，常不能保持平衡，但仍尽可能做家事。做菜，也是一乐。我有几道菜很拿手，可惜现在没有力气做了。朋友来时仍很高兴地表演一下，很开心的，我们如有机会见面，一定做给你吃，每个人都有自己家乡的口味呀！"

智者之言，字字珠玑，正是"开卷有益"也。

勤于写信的她，在我人生一段很长很长的时间里，以她充满睿智的语言，将我的生活糅上了美丽的釉彩。

而今，在荧荧灯火下重读那一封一封长长短短的信，多年往事，不似朦胧烟雾，却像晶莹露珠，凝在心上，透亮。

她在信中，曾多次写道："我你知己，自然无话不说。"她对我的信任，是我一生的感动与感激。

基于对她的尊重，我在重读手上 60 余封函件后，打算捐出其中的 21 封（原件）。

我相信琦君在天之灵知道我的决定当会颔首同意的。

陈若曦不爱玩文字游戏。在她的小说里，找不到雕字琢句的痕迹，她也绝不运用隐晦的意识流手法。她总是以明快的语言，通过形象鲜明的人物，反映深刻的现实问题。她反对风花雪月，把言之有物当作是创作的金科玉律。

这种创作风格，和她个人的经历，是有着不可分割的关系的。她在28岁那年，曾偕同丈夫自美国回归中国，碰上了给她一生带来极大冲击的"文化大革命"。经历了七年惊涛骇浪似的生活后，她的思想起了很大的转变，自此决定摆脱"语不惊人死不休"的文字技巧，运用最浅白的语言，写出最真实的作品，务使读者觉得"开卷有益"。

我读她轰动文坛的写实作品《尹县长》以及其他许许多多长长短短的小说，发现文中处处显现着女性意识的觉醒，有趣的是：她笔下的女性，命运常常为政治所主宰。有人说这是她本人真实的写照，也有人指出：她所塑造的人物形象，和她本身的性格基本上是吻合的。

在南昌参加首届滕王笔会，与她相处了好几天，我发现她确实是文如其人的。一个"快"字，很能概括她的性格特色。思维快、动作快、反应快，而且，快人快语。和她谈天，痛快淋漓。

关于她的婚姻，坊间有许多传说。听说她离婚了，又听说她年过六旬后再婚了；不久前，再有人告诉我，她二度离异了。

当面求证，她直认不讳。令人感叹的是：两段婚姻，居然都是受到政治直接或间接的干预而触礁的。

当年，经历"文革"后，她辗转在中国香港、美国、加拿大等地生活了20多年。到了1995年，她决定回返台湾定居。她说："台湾是我的故乡，我批评它，我也关怀它；然而，如果我不住在这块土地上，我又有什么资格批评它，我又拿什么来关怀它！"她丈夫担心台湾可能因为有人搞运动而造成局势动荡不安，不肯偕她回去。两人在这问题上无法达致共识而分手。身为"新女性主义"的信徒，她一脸坚毅地说："我们应该先做人，再做女人。作为一个完整的人，我必须坚持自己的信念。"为了这个信念，她牺牲了婚姻。

回返台北定居后，1999年冬天，她当年的台大同窗前来拜访她，晤谈甚欢。2001年，已经离异多年的他，开口向她求婚，感于他的诚意，她颔首应允。没有想到，政治再度侵入了她的第二段婚姻。她满脸无奈地说："他的主张，我不同意。原以为不谈政治便可以相安无事，可是，现实生活又哪能摆脱得了政治呢？有时，一扭开电视，我们便会为了某个政坛人物的政见而吵得脸红耳赤！"她渴望能够有个安宁恬静的晚年，所以，在2004年冬天提出离婚。她说："做不成夫妻做朋友，离婚后，我还给他介绍女朋友呢！"说着，一抹豁达的微笑浮上了嘴角。

目前，她独居于公寓。性子洒脱的她，正积极物色一所适合入居的"养生村"（俗称"老人疗养院"），她说："他日如能住进养生村，平时起居饮食有专人照顾，外出旅行又不必担心屋子因为无人看守而遭宵小光顾，无牵无挂，说多写意便有多写意！"

陈若曦，好个性格鲜明的女人！

据她透露：她目前正在撰写个人传记，我想：以她丰富的人生经历和直话直说的性格，这部传记，肯定精彩！

悼琦君

身为一个作家，平常处世应当『无我』，然而，写作时，却绝对不要失去『自我』。

曾经有一个很长很长的时期，我和旅居美国的台湾著名作家琦君女士有着非常频繁的鱼雁往还。她的信，厚厚的几大沓，被我以橡皮圈捆着，妥当完善地收藏在箱子里。每一封都是手写的，她的字体，气韵生动，别具一格，但是，笔画颇为潦草，不易辨认；开始的时候，我是半读半猜的，读得多以后，也就读顺了、读懂了。

我字丑，一学会电脑，便献宝般地用电脑打信给她，然而，她却坦言打印的私函，像穿了制服的公文，冷冰冰、硬邦邦的，没有感情，她不喜欢。为了尊重她的感受，我只好让一只只丑丑的字重新爬进信笺里。

琦君待人以诚，她对人的关心，不是蜻蜓点水式的，而是真切地发自肺腑的。有一回，我碰上极端不痛快的事，心情郁闷不堪，与她说了，她劝慰与开导的信，接二连三地飞来，后来，还特地给我寄了一个项链坠子，坠子上镶着一颗璀璨的宝石，这颗玲珑的宝石，能随光线的折射而变幻出不同的色彩；她说："衷心希望你有个七彩人生。"我视如拱璧，后来，把一部小品文定名为《七彩人间》，为的便是纪念这份情谊。偶尔心情不好，戴上这项链坠子，便又有了重新面对挫折与打击的信心和勇气了。

鱼雁往还十余年后，她的信，越写越短，

字迹也愈发潦草，信里总无可奈何地诉说身体的病痛。她为风湿病折磨，双膝剧痛，彻夜难眠，我遵照嘱咐为她寄上驱风油，初时有效，渐渐又失效了。后来，当她的手颤抖得抓不住笔时，写信便成奢望了。

音讯中断后，我就只能从台湾报纸杂志的报道里探悉她的近况。我知道离开台湾20余年的她，于去年重返台湾，入居老人公寓；我也难过地知道她罹患了老年痴呆症。

2006年6月7日，她撒手尘寰，享年90岁。

琦君著书无数，她写散文、小说、也从事译著。她认为创作的过程就好似酿酒，素材是米、思维是水、灵感是酵母，三者齐备，便能水到渠成，热烈地并发出思想的火花，精致地凝成文字的结晶。曾有人说写诗好像舞蹈，写散文宛如走路，暗喻诗歌难写而散文易为；她驳斥着说："走路虽简单，但也得有个好的姿势啊，倘若走得歪歪斜斜，不是贻笑大方吗？"

终生笔耕不辍的琦君，在从事创作时，坚守"真、精、新"这三大原则：情感真、文字精、风格新。她认为**身为一个作家，平常处世应当"无我"，然而，写作时，却绝对不要失去"自我"**。在"保持自我"的同时，又得有"三顺"：写来顺手、念来顺口、听来顺耳。

信念明确，下笔严谨，琦君行文，简练已极。随手拈来，篇篇都成经典。

她的作品，是浊世里的一道清流。涓涓地流着时，将倒映在水里的彩虹带进了亿万读者的心扉里；那些原本无色的，变得瑰丽；那些原本无亮的，变得晶莹。

琦君，不是用笔创作的，她用的是心。

悼念她最好的方式，是好好地读她的心。

一直、一直都非常喜欢黄春明的作品。

他对乡土有一份浓得化不开的感情、对生活里的小人物有一份源自内心的关怀；落笔为文，篇篇章章都满溢人文主义的现实色彩。

如果必须用一个字来概括黄春明小说的特色，那就是"活"。

他把人物都写活了，他带读者走进他的世界，与书中人物同哭同笑同呼吸；然后，在耐人咀嚼的韵味里进行深刻的反思。他的语言，既严肃又活泼、既沉重又轻松，味道很独特。人物的对话更绝，读着时，如闻其声，如见其人。

去年，我到香港参加文学会议，有幸与他相晤。

如果必须用一个字来概括他给人的印象，那就是"真"。

一点也不矫饰，豪爽坦荡。有话想说，便直说不讳；听到好笑的事，便放怀大笑。我们谈政治，他悲天悯人的情怀霎时展露无遗，侃侃而谈后，却又道歉："对不起，把气氛搞得那么沉。"谈他目前热切推广的歌仔戏，他立刻变得眉飞色舞："发源于台湾宜兰的歌仔戏，是属于平民百姓的，是一种活的文化财产，我们不能因为它不符合时代的节奏便任由它日落西山。我目前的工作就是把新的元素注入歌仔戏，使它能衍生新的生命力，成为雅俗共赏的现代表演艺术。"聊及创作，他表示目前的写作范畴集中于儿童文学，他说："千万不要在书里对孩子说道理，只要对他们讲述那些连成人也喜欢听的故事就行了。"我坦言不曾读过他的儿童故事，他立刻转头对夫人美音说道："记得，寄去新加坡给她。"那天，我们聊了好久好久，分手时，他高兴地说："我们真是一见如故啊！"

回来新加坡不久，便接到了两部图文并茂的童话《短鼻象》和《爱吃糖的皇帝》。他以引人发噱的活泼语言把人生道理不着痕迹地蕴藏在想象新奇的故事里。在作品里，我看到了他的赤子之心。

最近，他受邀到新加坡，在文学论坛"文学四月天"里主讲小说创作。他站在台上，满头鬈发，满脸笑容，好像一个"不小心地在额上和眼尾长出了皱纹"的大顽童。他并没有正经八百地谈创作理论，反之，以他一贯的好口才，滔滔不绝地说出自己成长以及与文学结缘的整个经过。让人动心的，是他毫不隐瞒的真诚；认人动情的，是他对乡土那份犹如榕树扎根般的乡情。他诙谐幽默的用语激起了现场听众一波又一波的笑声，与此同时，他一则一则别具深意的故事也在观众脑子里搅起了千层万层思索的浪花。

陈闻察先生宴请他和夫人美音到茗珍菜馆享用福建菜，我与张曦娜也有幸受邀。席间，谈起美食，美音透露，黄春明是家里的大厨，拿手好菜说之不尽。她说："你们如到我们家做客，他会炒米粉请你们吃。"黄春明一听，赶快修正："嗳嗳嗳，不止是炒米粉那么简单而已！"接着，兴味盎然地说道，"一般人总将米粉浸水变软了才去炒，米粉饱吸水分之后，肥涨肥涨的，又怎么能再吸入其他的味道呢？我直接以高汤去浸米粉，一炒便香味四溢！如果你用刀子切开一条米粉来看，便会发现我炒的米粉内内外外的色泽都是一样的，不像水浸的那种，外面炒成了褐色，里面却依然是白白的。"哇，这么考究！真是一个善于品味生活的人！

读他最新的小说集《放生》，发现他关怀的触角已伸向了老人。他在自序里指出："老人的问题是目前台湾问题里面，最具人文矛盾的问题，今天有多少老年人，纷纷被留在渔农村落里的乡间，构成偏远地方高龄社区的社会生态。他们纵然子孙繁多，却不能相聚一堂，过着孤苦的日子。"黄春明强烈感觉到问题的严重性，于是，他"用脚读地理，走在乡间小道，深入偏远地方，选择用小说去记录并探索内在的复杂性。"（李瑞腾教授语）。书内十篇小说，反映了十种问题，为读者开拓了深远的思想空间。

黄春明，其人其文，一致精彩！

《文字就是生命》这一部书，说是自传，其实不是。说不是自传，写的却又是自己人生的故事。

有一回，上网，赫然发现网上流传着一篇以《尤今的婚恋故事》为标题的散文，文长万余字，曾发表于中国某杂志。细读之下，狂笑出声。作者根据自己的想象力，天马行空地胡写一气，荒唐加荒谬，偏偏其中又穿插着若干事实，真真假假，混淆视听。

对着这篇荒诞不经的作品，我平生第一次认真地思虑：自己的故事，应该由自己来写。

后来，多次参加文学讲座，发现读者提出的问题，有许多都是重复的；而这些问题，在读者的来函里，也一再出现。我慎重地考虑，应该写一部书，简洁扼要地回答这些类似的问题。

于是，动笔了。

这一写，便写了长长的两年。天未泛鱼肚白之前，写；夜半无人私语时，写。争分夺秒地写、神魂颠倒地写。

写着时，我将我的人生道路好好地复习了一遍。出生、成长、求学；恋爱，为人妻，为人母；当专业图书管理员、记者、编辑、教师；甜酸苦辣，点点滴滴，齐涌心头。生活的道路，有玫瑰也有荆棘，当我真实地交代自己一切的快乐与不快乐时，我触及了生命中某些原本永远也不愿意再回想的大伤痛，这时，我在该写与不该写之间犹豫了；然而，思虑再三，我觉得我应该忠实地体现生活的本貌，于是，书里，便有了某些淌着眼泪的篇章。

当我的笔在一桩一桩真人实事间来回穿梭时，我发现，年轻时曾经有过的许多梦想和理想，都像斑斓的彩蝶一样，渐飞渐远渐无痕。尽管把万事万物都淡淡地看成过眼云烟，可是，我却清清楚楚地知道，心中有一份爱，至死不渝。

我爱的，是文字。

最初与它邂逅时，它那极具艺术美的线条、它那宛若立体图画的构造，使"略识之无"的我如痴如醉，一头栽进它的怀抱里，一生一世难以自拔。少不更事时，涵泳于文字的世界，觉得它像池塘，清澈美丽、清凉沁心；年事稍长，发现文字已转化为一口深不可测的井，里面有掏之不尽的千年宝藏；真正成长之后，才彻底了解，文字其实是海，它浩瀚无边、讳莫如深，任何人在它面前都渺小如蚁。文字，同时又具有魔术般的神奇魅力。它玲珑剔透，精致美丽，每颗字都有着蠕蠕而动的生命力，强劲有力地支配着他人的七情六欲，喜怒哀乐。

我把文字当瑰宝，像个守财奴般珍藏着它，它在我心中、在我脑中；在我血管里、在我灵魂内。我每时每刻都听到它对我发出持续性的呼唤，而我，以千百倍的温柔回应它。我接触它、感受它、读它、写它，一年365天都与它痴缠不休。我把一个一个美丽的方块字织成一袭一袭亮丽的衣裳，快快活活地穿在身上。

文字是醇美的酒，我与文字共醉，常常不知今夕是何夕。

文字是妩媚的山，我与文字，相看两不厌。

文字也是温柔的故乡，我让我的心长居于内，天荒地老情不渝。

文字，它并不是我生命的一部分。

不是的。

因为啊，它是我生命的全部！

书中日月长

书，好比是思想领域里的蓝天；绽放的鲜花微笑，只因蓝天辽阔。

在我整个成长岁月中，书香，一直是空气的一部分。尽管童年的居住环境局促狭小，可是，每一寸可供利用的空间，全都摆满、堆满了书籍，甚至，床底、桌下，也都密密麻麻地塞满了杂志。一行一行的文字，纵的、横的，简体的、繁体的，肆无忌惮地爬进了我们的生活里。

到了夜晚，安静的屋子内，有着无声的热闹。静的是人，吵的是文字。爸爸和妈妈都在看书，他们双目专注地在字里行间蚁行，脸上的表情，安恬而美丽，当我仰头看他们时，迷惑而又好奇，很想知道，书籍里面的那个世界，到底有着什么样的魅力，竟能叫人如此着迷。于是，趴在地上，也一知半解地读了起来。同样是书，一个人读的时候很好读，两个人一起读的时候，变得更加好读，而一家人齐齐读的时候，那种心犀在文字的灵光中相互交汇的感觉，美好得仿佛在品尝人间绝品灵芝。

父母亲无言的身教，使我们四兄弟姐妹培养起终生读书不辍的良好习惯。对于我们来说，书籍重要一如白米，是家中长有而又常有的；书橱也如米缸，长在、常满。

当我们长大成人而又各自成家之后，每个人的屋子里，也都顺理成章地设有书房，房里

清风
徐来
在门外挂串风铃，叮叮咚咚

218

的精神粮食浩如烟海，富足得可以应付百年的饥荒。

孩子相继出世，我也用美丽的文字为他们铸造难忘的童年。许多个寂静的夜晚，两代人齐齐坐在暗香浮动的书房里，我读我的，他们读他们的。我在阅读中汲取思想的维他命，他们在阅读中成长成熟。

爱阅读的小孩，永远不会变坏。在许多事情上，我给孩子绝对的自主权和自由权，而他们也从来不曾辜负我的信任与放任。书籍使我安心地放手，他们相应的行为却也让我在放手时更加的安心。

五年前，我与日胜决定将旧居拆除而另建新屋。为了集思广益地汲取设计的新概念，我们到许多朋友的居所去参观，令我大为吃惊的是：这些屋子，不论外观内貌，都设计得美轮美奂，极尽豪华之能事，可是，在要啥有啥的屋子里，单单没有的，是书房；独独欠缺的，是书籍。

住在华宅里的家长，频频投诉孩子不爱阅读，语文成绩不行，然而，他们忘了，在家中他们只给孩子提供四电（电视、电脑、电话、电玩），要孩子爱上阅读，犹如家中无米却怪孩子不爱吃饭。

日本人喜欢阅读是众所周知的事实，可是，最近，读及一篇专文，提到日本读书风气已有日益减弱的趋势，近年的市场调查反映出一个令人担心的现象：年纪愈轻的人愈不爱读书。日本的出版社把这视为"近忧"，社会人士则视此为"远虑"。有识之士因此发出了迫切的呼吁，劝请成人积极鼓励小孩每天阅读，使社会原有的浓厚阅读风气得以永远保持。

的确，阅读活动，应该始于家庭。

家，是培植鲜花的土壤；鲜花怒放，只因土壤肥沃。

书，好比是思想领域里的蓝天；绽放的鲜花微笑，只因蓝天辽阔。

清风
徐来
在门外挂串风铃，叮叮咚咚

这则令人喷饭的短文，是在 2005 年 3 月号《读者文摘》的《开怀篇》这栏目里读及的：

"学校作文以《我的家庭》为题，小华写道：我家有爸爸、妈妈和我三人，每天一早出门，我们就分道扬镳，各奔前程，晚上又殊途同归。爸爸是建筑师，每天在工地上指手画脚；妈妈是售货员，每天在商店里来者不拒；我是学生，每天在课室里呆若木鸡。我们一家臭味相投，一团和气。但如果我成绩不好，爸爸也会同室操戈，心狠手辣，揍得我五体投地，妈妈袖手旁观，从来不曾见义勇为……"

令人发噱的是：上述段落中的十几个成语，全被误用了。

误用，只因读书不求甚解。

当今学生读成语，最大的失误是：一板一眼地读、不明所以地背。

囫囵吞枣地死读硬背，有两大恶果：其一，学生不会灵活运用，仅仅将它当作应付考试的工具，考试过后，如数退还，师生双双白忙一场。其二，知其然而不知其所以然，胡套乱用，谬误百出，贻笑大方。

学成语，应该通过趣味化的方式——买部《成语故事》，以消遣的心情，每天细读一则。每一则成语，只有寥寥四个字，可是，它却包含着一个个荡气回肠的历史故事、一则则意味深长的文学典故，它们或一针见血、或振奋人心、或醍醐灌顶。

就以"入木三分"这个成语来说吧，莘莘学子只知道它"形容书法有力，也用来比喻议论深刻"，然而，他们却不知道，这句出自唐代《书断·列传》的成语，不但蕴藏着一个美丽的故事，而且，对于从事艺术工作的人来说，含有终生受惠的大启示。

话说在晋朝时，皇帝要到北郊祭祖，命著名书法家王羲之把祝辞写在一块木板上，再请人进行雕刻。雕工取得写上了祝辞的木板后，大吃一惊，因为王羲之的字，遒劲有力，笔力万钧，墨汁透入木板三分深，雕工啧啧惊叹着说："啊啊啊，真是入木三分啊！"王羲之的书法冠绝古今固然与其天赋有关，但主要还是他刻苦练习的结果。据说他无论走路抑或是休息，脑子里装的全都是字体、字体、字体。他不分昼夜，时时刻刻都在揣摩字的骨架、领会字的气势、分析字的结构，还不时以手指在衣襟上比画，久而久之，连衣服都划破了。除此以外，他常常在池塘边练字，每次练完，就蹲在池畔洗笔砚，时间一久，整个池塘的水都变黑了。由此可见，"入木三分"的功力，不是一蹴而就的。锲而不舍的毅力、全情投入的疯劲、苦练不辍的勤奋，缺一不可。

在课堂上，我常常要求学生深入挖掘成语背后那一则则含意隽永的故事，等学生充分地掌握了成语的涵义后，我便要求他们杜撰一则故事，将学过的成语当成珠宝，一一镶嵌入天马行空的故事里。当他们意兴勃勃地写着时，我知道，我已成功地将枯燥无味的成语背诵转化为趣味盎然的语文活动了，更重要的是：学生们通过这种学习方式，已产生了主动挖掘蕴藏在成语背后那一个一个大宝藏的意愿和兴趣，他们也从中真正地认识了中国语言那"言有尽而意无穷"的含蓄美，而这，就是爱的滥觞了。

爱，是学习语文最有效的不二法门。

水晶与钻石

真人和真事能使文章犹如水晶般散发出迷人的光辉，然而，要使作品转化为具有恒远价值的文字钻石，却得切切实实地注入源于心坎的真情不可。

林太乙曾经担任《读者文摘》中文版总编辑长达23年，她于《回顾在"读者文摘"工作的日子》一文中，写出了该社研究员在审稿时一丝不苟的精神：

"无论是文章、笑话或补白，文摘都要求查证内容，杜绝讹误，这是非常吃力的工作。有一次，文章里提到某夫人穿一件丝质的旗袍，经考证之后，发现那是40%棉质、60%尼龙的布料，于是，将'丝'字删掉。文摘全球的研究员平均每期从1200个资料出处核证3500项资料。这使文摘言必有据，读者对它有信心。"

这段文字，看似夸张，然而，我敢断定，它是千真万确的，因为我就曾经历过该社近乎严苛的查证活动。

1998年1月，我接到了《读者文摘》杂志社寄自香港的一封公函，表示有意转载我收录于《南瓜情》一书内的散文《炊烟袅袅岁月长》，要求我签署同意书。

同意书一签，该社便展开了严密周详的查证工作。

《炊烟袅袅岁月长》一文长约两千来字，叙述了母亲40余年来熏在炊烟里的漫长岁月，一方面突出了成长历程里的亲情，另一方面也借此反映出时代巨大的变迁。

初婚时，母亲在怡保用以主炊的是简陋的

清风
徐来
在门外挂串风铃，叮叮咚咚

土灶，天天劈柴生火，搞得浑身邋里邋遢的。后来，南迁新加坡，住在火城，改用炭炉，蹲在地上烧炭做饭，炙人热气常常熏得她大汗淋漓，苦不堪言。渐渐地，家境好转，入居组屋，用煤气炉烹饪，对于"用手一扭，煤气便来"的这种便利，母亲心里涌满了感激。经济更好时，迁入公寓，微波炉、烘烤炉、电炉，一应俱全。在尝过生活苦涩的果子后，母亲对于含在口中的这枚蜜枣，当然也就倍加珍惜了。

文摘编辑根据作品的内容，列出了大大小小许多问题，嘱我作答。这些问题，列得极细，简直可说是无孔不入的。比如说，编辑要求我清楚列出生活里每一个变革的确切年份，嘱我仔细描绘土灶、炭炉和煤气炉的形状，要我对文章里出现的每一个地名和地方特征做出确实的介绍，甚至，对于母亲家居的服饰也做了查询。更意想不到的是：该社编辑在向我查证了一切有关资料之后，还特地从香港拨了长途电话给我双亲，不厌其烦地就我在文中描绘的许多细节一一向他们求证。态度之认真严谨，令人在肃然起敬之余，还叹为观止哪！

《读者文摘》这种实事求是的态度，其实正一针见血地点出了散文创作的一大要诀：写真、求真。林太乙女士在《忆父亲》一文里，谈及父亲林语堂先生在创作上给予她的影响时，语重心长地写道：

"小时候他鼓励我写日记，他说，想到什么就写什么，但千万不要像小学生作文，写假话给先生看，例如'天天玩耍，不顾学业，浪费光阴，岂不可惜？'那是他在一本学生尺牍里读到的句子，使他捧腹大笑。他说，无论写什么东西，最要紧的是个'真'字。"

是的，真，是散文创作的一字诀。

真人和真事能使文章犹如水晶般散发出迷人的光辉，然而，要使作品转化为具有恒远价值的文字钻石，却得切切实实地注入源于心坎的真情不可。

清风
徐来
在门外挂串风铃，叮叮咚咚

铁钉与钻石

承认别人的优点，发掘别人的优点，最重要的是：看别人时，把着眼点放在别人的优点上，便能将那一枚既弄痛自己又刺痛别人的铁钉，变作两颗镶嵌在眼珠里的钻石，这样一来，落在眼中的世界，将变得更璀璨、更晶亮、更美丽！

台湾著名作家吴淡如《自在一点，勇敢一点》一文中，写出了她学舞的可贵经验。

她学的是弗拉门戈舞，这种舞最注重脚法，练了半天之后，好不容易记熟动作，但跳起来时，却只有一个"拙"字可以形容。她紧张兮兮地盯着自己的脚，生怕一步踏错，全盘皆输。她的朋友是职业舞蹈员，忍不住提醒她："像你这样一直看着自己的脚，全然没有办法放松肢体，根本就享受不到跳舞的快乐。最糟的是：一个人如果跳舞时一直看着自己的脚，观众也会跟着注视你的脚，想知道到底出了什么问题；反之，如果你脸带微笑，大家便会看你的脸。"吴淡如得着了启示，接着下来，便把注意力从脚部移开，随着音乐节拍，抬头挺胸微笑，整体效果果然大有改进，而这几分钟的舞，过去有如芒刺在背，现在却是越跳越自然。

吴淡如指出：人人都有缺点，如果对自己缺点太过在意，太想遮掩，反而会以瑕掩瑜；相反的，承认它，面对它，慢慢地就不在乎了；而一旦你能以淡然的心态来看待自己的缺点，学习反而可以收到更好的效果。

读了这则散文，挚友阿丹的脸，突然浮了上来。

阿丹有个十八岁的儿子阿雄，每回谈起他，她的脸，便变成了苦瓜；她的声音，也流满了涩意。她口里的他，有千种不是、万般不对，是个一无是处的人。可是，在别人眼中，阿雄偏又是个彬彬有礼而又能言善道的人。一回，在朋友的聚会中，有人称赞阿雄，阿丹生气地虎起双眼，尖声锐气地说：

"你们知道不知道，他是个双面人哪！外面的人对他印象不错，可他在家里却是神憎鬼厌。比如说吧，每回和我说话时，他嘴巴里总衔着一把刀，每句话都刺得我发痛……"

这时，好友阿叶冷静地开口了：

"阿丹，你对阿雄，处处看不顺眼，事事听不顺耳，最大的症结，其实不是阿雄，而是你本身！"

阿丹快快地瞪着她，阿叶不慌不忙，继续说道：

"你的双眼，有两枚钉子；你的双耳，有两根长刺。你看他时，看到的是自己眼中的钉；你听他时，耳中的刺又在作怪。你试试看，拔去眼中的钉和耳内的刺，再去看、再去听，也许，感受便完全不一样了。"

是的是的，老是盯着别人的缺点，不但自己不快乐，也会给别人永远地贴上错误的"标签"。

承认别人的优点、发掘别人的优点，最重要的是：看别人时，把着眼点放在别人的优点上，便能将那一枚一枚既弄痛自己又刺痛别人的铁钉，变作两颗镶嵌在眼珠里的钻石，这样一来，落在眼中的世界，将变得更璀璨、更晶亮、更美丽！

我若是蚕，书便是桑叶。我若是蜂，书便是花蜜。我若是鸟，书便是虫儿。我几乎是发狂般吞食的。读小学时，常把课外书压在课本底下，痴痴迷迷而又快快乐乐地读。在现实中，我是个孤独离群的孩子，可是，只要一摊开书本，我便成了截然不同的一个人——我谁都是，就单单不是自己。这样一种奇特的感觉，使我与书本缘结终生。

长大、长老；成人、成家。为人妻、为人母、为人师。教书、写书、出书。生活可能忙得连喘一口气的时间也没有，但是，读书，永远是我生活中绝不、绝难割舍的一环。夜半无人私语时，一书在手，字在掌中舞，那种快乐，达于极致。长期与字共舞，渐渐地，进入了一种极其美丽的人生境界："宠辱不惊，闲看庭前花开花落；去留无意，漫随天外云卷云舒。"得意与失意，皆以寻常心看待。事事随缘，时时快乐。喜欢这诗，是因为它寄托了我所向往的人生意境。闲云舒卷自如，不为天空所囿，它随心所欲地阅读宇宙、阅读大地、阅读生活，看似有为，实则无为；看似无为，实则有为；出世而又入世，潇洒而又自在。

林语堂有一段关于读书的话，说出了读书人的另一个境界：

"没有阅读习惯的人，就时间、空间而言，简直就被监禁于周遭的环境中。他的生活完全公式化；他只限于和几个朋友接触；只看到他生活环境中发生的事情——他无法逃脱这个监狱。但当他拿起一本书，他立刻就进入了另一个世界。"

可叹的是：许多住在"监狱"里的人，却往往对无羁无绊地翱翔于文字辽阔天空里的人寄予无限的同情。常常听到别人说："整天窝在书堆里，你不觉得闷吗？"或者，善意相劝："别老是关在象牙塔里了，应该出来走走呀！"说这些话的人不晓得，**现实的世界，其实只是一泓浅浅的水；书内的世界，却是无疆的海。**

近读台湾的《文讯杂志》，知悉台湾著名作家焦桐最近成立了一家出版社。这家出版社，有个含意隽永的社名：二鱼文化出版社。焦桐表示："二鱼文化"蕴藏了一个源于《圣经》的美丽典故：耶稣将孩童献上的五块饼、两条鱼分给众人，让五千人吃饱。出版社呢，希望能通过"人文"（包括：文学、文化、艺术、学术等）和"生活"（包括：健康、饮食、教育等）这两条鱼，将阅读大众的精神胃纳得饱饱的。他说："这两条鱼象征着富足，不仅富足我们的生活，更丰富我们的心灵世界。"

遗憾的是，有些经济富裕而文化贫困的国家，谈起鱼时，注意的焦点永远放在炊煮烹调的方式上。胃极满，脑极空。危险的是：胃里少了一条原该属于他们的鱼，他们会投诉；可是，脑里没有游入任何一条鱼，他们却浑然不觉，自得其乐而又自以为是！

破产

台湾著名作家席慕蓉在散文《三匹狼》（收在《宁静的巨大》一书）里，引用她朋友的话指出，在草原上生活的狼和森林中的狼，脾性有些不同。草原狼一般并不攻击人，它们的目标只放在牛羊身上。白天，悄悄尾随着有人照管的羊群，觑着良机，便从边上拖咬出一两只；牧民发现了，只要凶凶呵斥几声，狼就会跑开了。有时不慎被狼咬走或咬死一两只羊，牧民通常都认了，不会生气。对此，席慕蓉宽容地说："是啊，狼还是要活下去的，互相忍让一下也就算了。牧民说："可恶的是，有些狼晚上进入羊圈，它会把三四十只羊都一一咬死，凡是会动的就每只都在脖子上咬那么一口，它也不吃，就那么搁在那儿。如果牧民睡得太沉，毫无警觉的话，第二天一早起来就可能发现自己已经破产了。"

读着这一大段文字时，我能具体而深刻地感觉到作者沉坠在笔尖上的那一份沉重。然而，奇怪的是，读的是狼的故事，晃动在眼前的，却是人的影子。

最近，朋友崭新的轿车无缘无故地被人以利器刮得面目全非，仿佛有人在车身上画了一只张牙舞爪的大蜘蛛。

朋友一向与世无争，得罪他人而遭此恶报的可能性极低。

唯一的解释是恶作剧。

温文尔雅的朋友，气得青筋暴突，他说：

"窃贼偷轮胎，同样是犯罪，当然也不可原谅，不过，话说回来，如果他真的有燃眉之急，我也就权当做了一件善事，在心理上，也不至于太难受。至于把别人的车子刮坏，完完全全是损人不利己的，纯粹是丧心病狂的行为啊！"

一点儿也没错，这样的人，和晚上进入羊圈刻意把羊咬死而搁着不吃的暴狼，又有什么分别呢？

可恶、可憎啊！

另一位身居高位的朋友，最近遭流言中伤，沮丧不堪。她义愤填膺地说：

"全都是无的放矢，荒谬而又恶毒，说的人无中生有，听的人呢，却像拾到钞票一样，慷慨地将不确实的消息到处派送，以讹传讹，唯恐天下不乱……"

散布谣言的人，其实和晚上进入羊圈刻意把羊咬死而搁着不吃的暴狼也没有什么分别；明明知道在背后以尖利的语言去咬别人的名誉对于自己全然没有好处，但却因为看到别人痛苦而偷偷地享受着那种不道德的快乐。

可鄙、可耻呵！

给朋友说了个故事：一名农夫到一家餐馆兜生意，他表示，每个星期可以为餐馆供应 500 只田鸡。餐馆东主惊问："哪来这么多田鸡？"他信心十足地应道："我农舍后面的水田里，有成千上万只田鸡，抓之不尽，捕之不完哪！"签了合约，可是，到了送货的时间，农夫却只送来了两只，他垂头丧气地说："水田里，田鸡的叫声响彻云霄，我还以为有亿万只，没有想到就只有这么两只而已！"

我们常常为背后的议论而烦恼，其实，恣意批评的人，也许就只有那么寥寥几个而已！

席慕蓉说：

"如果牧民睡得太沉，毫无警觉的话，第二天一早起来就可能发现自己已经破产了。"

破产的牧民只要努力，东山再起是指日可待的，然而，如果破产的是人格，那么，要翻身，恐怕便难若登天了！

追寻书籍的味道

书籍是精神「永远的伊甸园」；它既是小孩的棉花糖，也是成人的花生糖；棉花糖软而可口，花生糖硬而适口，都能给生命的味蕾带来宜人的甜味。

小时家穷，肚子像歉收的田地，老是空荡荡的；可是呢，精神却长年吃着奢华的鲍鱼、海参。

把精神喂得饱饱的，是书籍。

捉襟见肘的父母，餐桌上可能只有青菜、豆腐，可是，屋子里，书本永远不虞匮乏。

晚餐过后，便是一家子进入文字世界的大好时光了。一人读书和一家读书，感受是完全不同的。新买的书，有一种淡淡的墨香，非常好闻，它能把一瓣瓣的心叶也熏得香香的。书页此起彼落地翻动着的声音，宛如天籁。

明明就只是一本书嘛，可是，握在手里，自己却变成了哭笑不由自主的傀儡，爸爸捧书呵呵大笑的那一刻，却见进入悲情世界的妈妈眼噙泪光；爸爸在严肃的政论书中忙忙碌碌地写着眉批的当儿，妈妈却高高兴兴地用红笔为书中的妙言妙语画线。当书中闪出了睿智的思想亮光时，父母亲便会兴奋地读给对方听。

我们几个孩子呢，在浮动的书香里，随意抽选散置屋内的书来读。在那识字不足的年龄里，只能一知半解地读、懵懵懂懂地读；读着、读着，半靠猜测，半靠经验，读懂了，一颗心，便跳舞。

阅读这个美丽的嗜好，就像种子，在我们四兄弟姐妹的心田里萌芽、茁长，一直长呀长的，迄今，已长成了根深叶茂的巨树了，丝毫撼动不得。

书籍，无所不能。

当生活的小舟遇上了惊涛骇浪时，我们把书籍当作安全的避风港；当超越负荷的工作把我们的心揉成一叶咸菜时，我们以书籍抚平内心的皱褶；当难以化解的忧伤把我们逼进黑暗死角时，书籍便是一束束亮丽的阳光；当我们的思想患上营养不良症时，书籍就是我们的维他命。

书籍之所以会深深地嵌进我们的血肉和骨髓里，牢牢地成为我们生命的一部分，追源溯流，是因为父母从小就以"身教"的方式让我们知道，**书籍是精神"永远的伊甸园"；它既是小孩的棉花糖，也是成人的花生糖；棉花糖软而可口，花生糖硬而适口，都能给生命的味蕾带来宜人的甜味。**

现代阅读风气不盛，谈及年轻人不爱阅读，一般人都归咎于娱乐多元化、功课繁重或工作压力太大，让他们无暇分心或分心乏力。

不是的。

我认为真正的关键是：童年时，他们不曾用书籍把精神养肥，成年之后，当然不会食髓知味地追寻书籍的味道啦！

不读书，可以有千个万个不同的借口。

读书，原因只有一个：快乐。

当父母用美食、玩具、出游等堆砌孩子的童年时，孩子当然快乐，可是，那种快乐，是短而甜的，它不能无止无尽地延伸到成人的世界里；然而，如果高瞻远瞩的父母能把年幼的孩子引进文字的世界里，却等于给了他们一份终生保值的礼物。

近日与思齐聊天，她以温暖的语调忆述，她有个"贫瘠得十分璀璨"的童年。她说：

"当年，家在福建。尽管家境贫苦，可家人还是给钱我去租书来看。五分钱租一本，几天内得还；于是，一目十行，飞快地读；还分秒必争地把自己喜欢的篇章逐字逐句逐行地抄录下来，收在一口箱子里，一本叠一本，抄了很多本。箱子满了，便买个锁头锁起来，满箱都是奇珍异宝呢！到新加坡定居多年了，那口大箱子，还好好地留在福建老家哪！"

这个有着丰实童年的女子，现在，从事出版事业，以文字去喂养万千读者的精神。

爱读书的人，人生各自精彩。

而读书的嗜好，必须从小养起。

从小。

倾听呼吸的声音
——回首岁月，种一株快乐的树

尤今 著

定价：32.00元

本书分为两篇：上篇"回首岁月"主要介绍了尤今对于父母等长辈的哀思、感恩之情；下篇"种一株快乐的树"主要介绍了尤今对于子女教育的一些期望和一点体会。平实处见真情，平凡处见温情。

把苦口的黄连包裹在适口的糖霜里，不但是一种别具一格的教育方法，同时也是一种行之有效的写作方式。

如今，双亲都已撒手尘寰了，可是，当我津津有味地对孩子复述着双亲曾给我说过的那一则则趣味横溢的故事时，我却仿佛听到了双亲深具活力的呼吸声。

在家的园圃里，孩子是苗，苗的生长姿态往往取决于泥土的肥沃与否。双亲留给了我一大袋以"快乐"为名的"肥料"，在我家圃里长成的树，每一片树叶，都闪着快乐的釉彩。

把书名定为《倾听呼吸的声音——回首岁月，种一株快乐的树》，蕴藏了我对双亲终生不泯的感激与怀念。

尤今小语系列图书推荐

把自己放进汤里
——欢喜的豆花，抑郁的茄子

尤今 著

定价：**32.00**元

这是一本关于美食的散文集，全书通过对各种美食的描写，揭示出浓浓的亲情、乡情以及言简意赅的做人道理。欢喜的豆花、抑郁的茄子……只要你细细咀嚼，就会发现：每道食物，都蕴含着深入浅出的人生哲学。

在这部作品里，我尝试从食物里观看大千世界，我尝试从炊烟中领悟人生道理。

平凡就是幸福，捧着一碗美如白玉的豆花，我便会切实地感觉快乐的浪花从心底翻涌出来。然而，同是豆花，却不是每碗都完美如斯的。

实际上，除了豆花之外，人世间的每一种食品都会说话、都在说话，唯它们说的都是无声的语言，有心人才能听得到。

走路的云
——用脚步丈量世界，品味生命

尤今 著

定价：**32.00**元

本书是新加坡著名作家尤今的旅行散文集，主要介绍了作者环游世界的一些见闻和感悟，其中重点介绍了巴基斯坦与伊朗的旅行故事和感悟。以旅行来感受生命，以异域文明来观照中华文明。

当我的心情渐渐沉淀出一片清净明澈时，我便惊讶且欢喜地发现，在无羁的自由里，我慢慢地变成了一朵云。

我以云的心情和姿态来过日子。

看天，天更蓝；看水，水更绿。

我的心，是一望无垠的万里晴空。

而我，做了自己心的主人。

以《走路的云》为书名，正是我近年的心情映照和生活写照。

我就是一朵云，一朵会走路的云。

定　价：35.00元

《美好人生是管理出来的》

一本寻找人生方向及人生定位的实战手册

　　"管理"不只应用于企业、职场，更可以运用来管理自己的人生。本书告诉你如何活用管理原理，找到自己的人生密码，开创成功的人生。

隆重推荐
台湾"清华大学"原代理校长 李家同
台北大学原校长 侯崇文
台湾统一星巴克总经理 徐光宇
台湾逢甲大学校长 张保隆

定　价：35.00元

《影响力是通往世界的窗户》

影响力是人改变世界的一扇窗户

　　每个人活在世界上最大的生命意义，就是去影响别人，实现自我价值。

　　透过这扇影响力之窗，你得以进入屋内，找到自我；更可以走出窗外，自由发挥，发挥你的世界的影响力。

隆重推荐
台湾"清华大学"原代理校长 李家同
美国 STARS 集团总裁、斯坦福大学教授 余序江
台湾统一星巴克总经理 徐光宇
台湾固网副董事长 张孝威
台北大学校长 薛富井

作者简介

　　陈泽义，"台湾交通大学"管理学博士，美国加州斯坦福研究院（SRI）博士后研究员。历任台湾"中华经济研究院"研究员、铭传大学管理研究所教授、台湾"东华大学"管理学院代理院长、EMBA 执行长。现任台北大学国际企业研究所教授，担任教学与研究职务已有 17 年。